# 远去的
# 故乡

白李东

著

陕西新华出版传媒集团

太白文艺出版社

**图书在版编目(CIP)数据**

远去的故乡 / 白李东著. -- 西安：太白文艺出版社，2019.3

ISBN 978 - 7 - 5513 - 1572 - 2

Ⅰ.①远… Ⅱ.①白… Ⅲ.①散文集—中国—当代 Ⅳ.①I267

中国版本图书馆 CIP 数据核字(2019)第 033002 号

远去的故乡
YUANQU DE GUXIANG

| | | |
|---|---|---|
| 作　　者 | 白李东 | |
| 责任编辑 | 刘　宇　张婧晗 | |
| 封面设计 | 李渊博 | |
| 版式设计 | 前程设计 | |
| 出版发行 | 陕西新华出版传媒集团 | |
| | 太白文艺出版社 | |
| 经　　销 | 新华书店 | |
| 印　　刷 | 西安市建明工贸有限责任公司 | |
| 开　　本 | 889mm×1194mm　　1/32 | |
| 字　　数 | 180 千字 | |
| 印　　张 | 7.5 | |
| 版　　次 | 2019 年 3 月第 1 版第 1 次印刷 | |
| 书　　号 | ISBN 978 - 7 - 5513 - 1572 - 2 | |
| 定　　价 | 59.00 元 | |

联系电话：029 - 81206800

出版社地址：西安市曲江新区登高路 1388 号(邮编：710061)

营销中心电话：029 - 87277748　　029 - 87217872

# 闲坐话李东（序一）

杨葆铭

闲话李东之前,先读一读他的这篇《闲话四大难听》。

"抠锅,发锯,驴叫唤,石头旮旯拉铁锨",这被乡人斥为最不堪入耳的四大恶声里,却蕴含着我对乡土的一种温暖记忆。我要给李东说,我听罢驴叫多年了,能不能从罗子山牵一头驴来,拴在市政广场的彩灯柱上,将草料备足,让驴好好叫唤上三天。我知道此声虽糙,但可慰乡思。至于石头旮旯所发出的声响,早已成了从大集体时代走过来的人共有的听觉记忆。大凡将铁锨不往肩上扛,有意拖在石头旮旯行走的人,都意味着私下有一种反抗,用乡人的话来说,这是"磨洋工"。

我和李东不熟。有一天,延长几位搞文学的老友打来电话说,李东请他们吃饭,很想让我也过来坐一坐。去了预订的那家餐馆,要了一壶茶,几位老友坐下来品咂了半天,还不见李东闪面。过了好一会儿,李东来了。他怀里抱着一箱酒,额头汗津津的,脸上充满了歉意。我一看,是个年轻后生,长着一张娃娃脸,一打问,才知道是1980年生人,属猴,比我小了两轮。这就好,起码在称呼上少了当"软叔硬哥"的尴尬,搞不好,他还要叫我一声"伯"哩。

李东在生人面前话不多,显得有些拘谨,但这后生懂得礼数。

他喝不了白酒,便要来一只大啤酒杯,以啤对白,挨个给每人敬了一杯。一圈下来,三个啤酒瓶空了。我问李东一次能喝几瓶,他说喝多少要根据离卫生间的距离远近来定。我一听,感到这后生不简单。

我自赋闲以来,不太出门。每天枯坐萧斋,习练古人坐忘之功。去年,老婆教我玩微信,开了没几天,形成了一个朋友圈。这期间,通过微信给一家杂志编审了一期文稿,看到其中一个名叫白李东的作者写的一篇《骑行记》,文笔洒脱灵动,字里行间透着机锋,便建议将此文排在"艺海泛舟"版块的头条。之后,有朋友转来"踏歌行"的一篇散文,点开一看,作者又是白李东,一打问,才知道白李东和李东是一个人。能取"踏歌行"做网名,可见李东天机不浅。我便在阅读完这篇散文后点赞曰:"不见桃花潭,唯闻踏歌声;汪伦目送风帆远,自古离别总伤情。"随后,得到三朵玫瑰花的回复。

就这样一来二往,我便与李东接触多了。后来我发现这后生是个有故事的人。他虽然年龄不大,但经历的事情却不少。你想想,一个生活在山区小县不断受到发达资讯蛊惑的年轻人,面对这个既绚丽多彩又严峻难测的世界,他所做出的每一种人生选择都可能充满了变数。将经历过的人生风雨积化成内心沧桑的李东,在某一天忽然发现:靠喝别人煨出来的"心灵鸡汤"所提供的那点能量,走不了几里路人就乏了。在社会上转悠了一周八匝,已经被严酷的现实揉搓得有些心塞的李东,这个时候需要得到一种救赎。于是,他不忘初心,又开始搞起了文学。这本《远去的故乡》正是这个年轻人"遇穷途,大哭而返"后心灵的歌哭。

我是一个"老文青",从年轻时开始操笔弄文,"尔来三十有一年矣"。临了，事情没弄成，却把人给耽搁老了。这些年里，和一些年轻文友在一起，我对他们痴迷文学能够理解，但绝少支持和鼓励。我知道，在这个行当里要弄出点名堂，天赋、汗水和机遇缺一不可。另外，以我当了三十多年的副刊编辑，并在其间与一些作者交往的经历中发现，就陕北本土而言，许多从事写作的人，创作理念都有问题。以意识形态为主导的革命历史题材和展现黄土风情的写作，似乎成了许多写作者恪守不变且为之倾心的两种写作范式。我很少看到有人能在写作中发掘到历史与黄土风情背后所藏的意蕴。最让人感到悲哀的是，一些刚出道的写作者，将对风情和风物诗意化的抒写，当成了获得某种认可和成功的终南捷径，作品中始终发不出自己的声音。我的一位老友，年轻时爱写政治抒情诗，因受政治风向的干扰和时代语境的限制，写了半辈子没弄成事。之后，他又转向对风物和风情的写作，今天来一篇《陕北的雪》，明天写一篇《崖畔上的山丹丹》。现在老了，他好像对文学本质性的东西有了一些理解。一天，这位老兄见了我说自己追求了一辈子文学，却离真正的文学越来越远。他说他就像一个不入流的书法家，一辈子只会写"上善若水"和"厚德载物"八个字。这句不经意的自嘲，却蕴含着无限的悲凉和心酸。

李东是不是脱离了这种俗成的写作范式？他的作品是不是表达出地域历史和风情背后所藏的意蕴？当然没有。但我要说的是，这后生的写作，在不经意间对俗成的写作套路有所突破，他有属于自己的、带有明显个性特点的写作路数。他不像一般初学写作的人，对自己不熟悉的题材和内容采取小鸡啄绿豆的方式，在那里"强努"。他给读者呈现出的这些作品不夹生、有味道，一看就是经过内心积化，从原生态生活中提纯出来的真东西。先前看过他写的那篇《西滩洼》，很明显是受了贾平凹《十字街菜市》的影响。收录到这本集子里的《村人五记》《乡村细节》《罗子山人》等篇什，既有贾氏"商州系列"的笔意，亦有汪曾祺先生写故乡高邮的简淡素朴。朱光潜先生在谈论人的资禀与修养时说过这样的话："文学必止于创造，却始于模仿。最简捷的方法就是将与自己精神气质相近的作家的作品拿来细心揣摩，熟读成诵，玩味其中的音调节奏与神理气韵，使它沉入筋骨。"李东读书驳杂，眼界宽，记性又好。有时与他在一起喝酒，酒喝高了，辄不免品评一番天下文章。从历届"茅盾文学奖"得主说到当下走红作家，或褒扬，或訾议，放言无忌有力道。我听了之后感叹说："这后生对文坛人物的臧否与老夫'有嗜同焉'。"

延安这块地面上盘踞着两条贫困带，一是白于山区，一是黄河沿岸。李东的老家就在黄河岸边的罗子山，那里有一个名叫"天尽头"的地方。大名鼎鼎的延河就是在这里接受了黄河的"招安"，两河相汇，一路向东，将像黄土一样的染色体输入蔚蓝的大海。

出生在这个地方的李东从小时候起，就听广播里天天呐喊着要向贫困宣战，可贫困只是换了一种形态依然赖在这里不走。长大了的李东在城市与乡村之间的频繁往来中，真切地感受到，在城镇化的急风暴雨中，他和故乡的血脉亲情被不断撕扯割裂。故乡的许多亲人去世了，"慢慢慢慢倒倒"的歌谣消失了，乡村的茶饭也失去了昔日的味道，儿时的"发小"都挤在城市的屋檐下不再回来了。这个在黄河边长大的孩子忽然产生了一种岁月的忧伤，于是，他将对故乡的记忆诉诸文字，写成了这本小书。如果让我用一句简短的话来对这本书做一个概括表述，我只能说，这是一个年轻人写出的乡愁。乡愁是什么？乡愁是一种心病；是怕老屋烟囱巷道里藏着的那件带有母血的胎衣被人偷走的担心；是心灵的包裹被寄放在一个自认为可靠的地方,却又时时感到有些不放心的忧虑;是听觉、视觉和味觉共同搭建起的一个符合自我核心价值的"乌托邦"。说到底,乡愁是一种怀旧,这种带有愁思意味的怀旧中又多少带着对今日时尚的一种柔情抗议。我说,李东的年纪不大,却写出了我这般年龄人的内心沧桑,这大概正是我看好这本小书的主要原因。

与白于山区不同的是,造化给黄河沿岸的土石山区留下了几十块大小不等的残塬,让生息在这方地域的人每年能吃到一茬产量不丰的老麦。说起来,我对李东的老家——罗子山一带的山水地貌和风土人情还算熟悉。每次路过这个地方时,我总是让司机将车开慢点,为的是能听到有人在塬畔上发出的那声劲爆的吼声。独特的地貌,塬与塬之间的远隔,造成了这里的封闭与落后,同时也让淳朴的民风和乡俗得以保留。当然,这里也盛开山丹丹花,也有蔚为壮观的塬上雪景。但李东知道,风物只是一种表象。你有山丹丹,人家也有杜鹃花;你对塬上的雪景再怎么描写,大不了和黑龙江下的雪一样洁白。由此说来,溯本追源,能表达出风情和风物背后所藏的文化意蕴,才是一个从事写作的人应该把握的关键点。有一次和李东闲谝,又说到文化,都觉得这个"雅词"这几年被一些冒充有文化的人给说滥了。动不动这个文化、那个文化,还有人煞有介事地给文化下了这样的注脚:植根于内心的修养,无须提醒的自觉云云。听来顺溜,但说来说去,还是用概念来解释概念。余秋雨先生对文化有一句还算靠谱的定义,这话是:"文化是一种包括精神价值和生活方式的生态共同体。它经过积累和引导,创建集体人格。"当然,"精神价值"还是有些抽象,但"生活方式"却与集体人格的养成大有关系。李东笔下所写的这些人事物象,其实已经表达了地域文化对一方人群的人格养成给予怎样的一种滋养。当然，这种集体人格的创建，不是一朝一夕，而是通过漫长岁月的积淀形成的。就拿我们来说，每一个人都会有这样的人生体验：一个人在十二岁之前听到的那种曾拨动过心弦的声响能让人萦怀一辈子，吃过的饭菜能让肠胃牵挂一辈子。沈从文先生在八十岁那年回故乡凤凰，听了家乡的傩戏。锣鼓一响，老人便动情地说："这是楚声，楚声!"说罢，竟然泪流满面。

王维有两句诗写得好："行至水穷处，坐看云起时。"淡淡十个字，看似写景，实则表达的是一种人生大哲理。曾多次与东去的延河并行回家的李东，大概也看到过这条光荣的河流走到"穷途"时，在与黄河交汇的一刹那间，激溅起"洪波涌起"的壮观景象。前不久，李东在回老家的路上给我打来电话说，他将收录到这本集子里的一些篇章撤了下来，他感到这些文章与本书所要表达的主旨有些不符。我看了原稿后，觉得李东说得对，便给他回话说："撤了好。咱宁吃鸽肉四两，不吃猪肉半斤。要弄，就把事情弄好。"

忘了给大家交代，李东不姓李，姓白。转念一想，觉得这个表述还是有些不对，他应该既姓白，也姓李。这后生幼时体弱，不好抚养，便按照乡俗，取了父母的姓氏，单字一个东，全名叫白李东。我想，这事放在咱们这里好变通，李东要是生在俄罗斯，这本书的署名大概就成了：弗拉基米尔·伊琳娜·克维塔耶夫。

是为序。

# 白李东来了（序二）

石岗

我在 2015 年最大的收获有三件事，一是我的文集《大记》出版，二是在神秘的天山南北三次旅行，第三件可能就是认识了这个叫作白李东的陕北后生。

白李东不知道从什么地方看到了我的文章，就带着他家乡产的杂粮来看我。他走进我家门的时候，我就笑了。我看见一个小青年，戴着眼镜，斯斯文文，紧紧张张地站在那里。我知道他来自陕北，但是他身上一点也没有陕北人所特有的那种张扬和傲气，他就那么谦和而紧张地站在那里望着我。我几次让他坐下，他才拘谨地坐在椅子上，身体前倾着，眼光在我的头顶上飘来飘去。

我问，白李东才说他来自陕北延长县，是延长县委的一名干部，是一个爱写文章的人。我当时在心里嘀咕，陕北在路遥之后，还会不会再有真正意义上的作家？这个文文弱弱的白李东，身在官场，能写出什么像样的文章呢？于是，我们的谈话，也就简单明了。白李东对我表达他的敬意，我也只是客套地应付几句，不久，他就告辞了。

过了几天，在微信上看见白李东写的《乡村无厘头》，我大吃一惊，立刻就意识到，这个白李东在文字上的天赋是非同寻常的，他能用最简单直白的语言描绘出最丰富的生活内涵,而且能将生命的艰辛与幽默、苦涩与快乐不动声色地揭示出来。他只有三十多岁,他的心灵中就有许多对生命的感悟,而且这些感悟充满思辨与哲理。我心里说,陕北这块土地又一朵奇葩将要开放了,他如果努力,过不了多久,他的名字和路遥放在一起,也不见得会逊色多少。

于是,我就给白李东发微信,要来了他的十几篇文章,每天晚上在临睡之前都要读上一段。我跟随白李东的叙述,在他曾经生活过的土地上和时光里游走,跟随他喜悦,跟随他伤心,跟随他欢笑,跟随他叹息。

白李东的出现,可能标志着陕北高原上一个新的文学时代开始了。

我嘿嘿地笑了,说,这又是一个搅动人灵魂、让人不得安生的家伙。

# 目 录

1

# 辑
## 一

　　丝竹管弦的婉转曲调中,大幕徐徐朝
两边拉开。戏台顶上,一排十几个灯盏明
朗朗地照下来,一个新奇、美好、敞亮的世
界在台上呈现出来。如果是《游西湖》,背
后的布景便是湖光山色、亭台楼阁的明丽
嫣然;要是《下河东》,布景便是残阳晚照下
的古战场,隐隐可见一座城池,城楼凹凸有
致的墙垛上插着猎猎舞动的旗子。不管是
"杏花烟雨江南",还是"胡马秋风塞北",这
些个场景都是平常日子里老百姓难得一见
的稀罕景象。

——《安河物事·夜戏》

# 西滩洼

县城小,地皮紧张。

早些年穷,不兴盖楼,只箍石窑、修平房。城中心被机关单位、学校、店铺占据得满满当当,老百姓修住宅就依山靠坡、顺沟溜洼发展,却也渐成气候。

东西南北四片地域自然成就了早期的四处居民区,北面的曰北洞渠,南面的称南窑沟,东边的叫东门碥,西边这坨即是西滩洼。顾名思义——渠狭、沟窄、碥险,唯有这西滩洼山势相对平缓、宽展,又坐北朝南,向阳,扼守县城西大门,在风水、交通上占尽了好处,聚集居住的人家自然就多。

先是二三十户县城土著零零散散地在此地箍了窑洞,圈了院子,自然入住,各自为营。后来就有政府出面,统一规划,科学布局,依山势逐级成排实施,渐次推进,建起了五六排百十孔石窑洞和砖薄壳。手头宽裕点的干部职工便你三间、他两孔地买了,产权办在名下。经济条件稍强的,用青砖圈了院墙,红瓷片贴了大门,水泥勾了窑线,白灰抹了墙面。择吉日燃一串鞭炮,邀几个朋友,欢天喜地入住,煞是招人羡慕。想当年,问起家住哪里,回答西滩洼者,不是机关单位的科级干部,就是先富起来的生意人,三孔石窑的独院,几万元的价钱,一般人家是出不起的。

再后来坡底下就有了医院,办了学校,老干局建了住宅楼,财政局修了家属院。又开了小饭馆,有了粮油店,条件越来越便利,陆陆续续就聚了上百户人家。

人多的地方气场就旺,日子就生动,生活就热闹。

清晨,日头渐渐高了。

上班的急急地推了车子,上学的匆匆背起书包。晨练的老人穿了肥裤阔衫,一手旋着太极球,一手捏着收音机从容地出了门。大妈们你唤我、我喊她,相跟着去市场上买新鲜菜。笼子里鸡叫,巷子里狗跳,一天的生活就这样开始了。

中午安静。

工作累,大家午饭后都要休息,顽童在巷间聒噪是不允许的,明明让爸爸揪了回去,妞妞被妈妈搂在怀里。若是夏日,前后窗打开,门也不关,穿堂风自然而过,自是惬意舒坦。

傍晚热闹。

操劳了一天,奔波了一天,自然得放松。孩子们完成了作业,小子家追来打去,喊声热烈,巷战犹酣;女子娃跳起皮筋,念念有词,自得其乐;男人间好棋的,于路灯下分清楚河汉界,一通厮杀,难分高下,自然斗志昂扬;贪酒的拍根黄瓜,拌个猪耳,环小桌一围,你斟我敬,也是酣畅淋漓;女人家挤在一起说东道西,苦辣酸甜、酱醋油盐,羡这个腰细,笑那个腿粗,叽叽呱呱之声不绝于耳,但是手里活计不误,或打着毛衣,或择着韭菜,怀里或有吃奶的小儿;老人堆里安静,你推我让"摸花花"牌,慢言细语拉家常,谈论三皇五帝、历史烟云,扯出贪污腐败、时事世风。也有那风雅之士、高古之人寻一僻静之处,拉起二胡,吹起洞箫,吱吱呀呀、咿咿呜呜营造一种氛围。大伙各得其所,倒也和谐安宁。

也有吵起来的时候,眼见得骂声激烈,你不让我我不让你,也伤人,也揭短,眼看要动手,就有老者出来厉声喝住,都是邻里邻居,抬头不见低头见,有什么过不去的? 不嫌丢人现眼! 众人也好言相劝,果然就有效果。事后调查,无非是明明踩了妞妞的脚,刚刚抓了毛毛的脸,或是张家的水路拨偏了,李家的电视声开大了,都是些鸡零狗碎的琐事。吵了也不计较,过不了几天,孩子又闹成一团,大人又聚在一处。

眼见着马路上人越来越多,车越来越挤,时代缓慢却又是急速地发生着变化。城东头的雷家滩建起了住宅区,河对面的张家园子开发了新楼盘。赶时代的年轻人就分门立户告别了西滩洼的窑洞小院,搬进了小区的单元洋房。临别时自然是依依不舍,挨家挨户道别,说带着孩子上门转哦,以后要常来往哟,如此云云,竟让人牵肠挂肚,生出几分惆怅。

腾出来的地方就租出去,进城务工的,南来北往的便慢慢地渗透进来,西滩洼的居民构成就杂了起来。东家炸油条,西家卖蒸馍,张三搞装修,李四跑运输,贩夫走卒、引车卖浆,占尽工农商学兵。

近些年就生出些事端。不是孙木匠的女儿跟着开出租的山西人跑了,就是卖瓷砖的霍老三把开药店的刘文明打了;三排老韩的儿子贩黑油进了局子,四院胡刚子养小姐惹下官司。人杂事乱,景象纷繁,倒也不足为怪。

当然,也有好事情不断传出。修车补胎的崔三管,膝下犬子唤作崔熊猫者,好学上进,入延中,进交大,一路高歌猛进直杀向麻省理工学院,还好了一个洋妞,过年时领回来,两人在窑背上叽里呱啦地交谈,见娃娃撒给巧克力,见大人敬根三五烟,乖乖,可招人眼羡。那平日里低眉顺眼的崔三管在人前就展堂起来,说话气就粗,连咳嗽一声都格外响亮。再说老方家,大女儿方红事业大成、青云直上,从科长、局长、县长一路高升官至市委副书记,政绩卓著,频上电视,常见报端,真一个巾帼不让须眉,端的了得!地以人显,人以地彰。于是就有人说,是西滩洼的风水好,方出得如此人物。

一部分老住户是搬走了,却割舍不下老邻居,得空回西滩洼走动,张家进,李家出,拉拉家常,谝谝闲传。要留下来吃饭,推辞不肯,却也不走。于是一起动手,轧一床子饸饹,烙几张韭盒,弄一锅烩菜,热热乎乎吃了,就感慨还是老邻居亲,还是西滩洼好呀。单元楼里住着,防盗门关得严严实实,彼此不相往来,门对门住着,却是互不相识。

年轻人逢周末也领着孩子、提了瓜果菜蔬上西滩洼去看老人。没办法,房子宽敞,可是老人就是故土难离,更不愿意和小辈们搅和在一起,生活习惯不一样。再说闷在楼里,不接地气,老年人身体要出问题。儿孙们来了,老人自然就开心,张罗着杀鸡剖鱼、煮汤弄饭。孙子也乖巧机灵,嘴里甜甜地喊着爷爷、奶奶,一扑上了沙发,顺势就骑到爷爷脖子上,理直气壮地说要学舞蹈、要练钢琴,爷爷要给钱——没准是离家时儿媳妇偷偷提念的。

城里跟新时代接轨了,西滩洼还保持着传统的习俗。就吃食而言,清明蒸花馍,端午包粽子,中秋打月饼,重阳炖羊肉,传统节令得以在口福的更替中延续。

河对面又建起了漂亮的职业中学,盖起了气派的机械厂小区。新修的二级公路逢山开路,遇水架桥,宽展展、平坦坦从翠屏山腹部钻隧洞直穿过去,槐里坪的老菜园子也被拆迁征用要开发新城区,建设公租房,修建"延水新城"。据说,领导在大会上讲了,要"安得广厦千万间,大庇天下寒士俱欢颜"。西滩洼的居民就惊呼,世事变了,社会确实发展了,逮住上班的儿女就一再安顿、嘱咐,要上进,要好好给公家干事。

西滩洼哟,一言难尽的西滩洼,世俗的生活里蕴藏了多少无穷无尽的韵味。谁也说不准什么时候——也许明天,也许后天,就有轰隆隆的机械手将这里夷为平地,然后开发成某某小区,某某花园。

城市文明的发展锐不可当,日新月异的变化在带来现代生活的同时,也毫不犹豫地掠走某些厚重的温情。在时风扰攘的小城一隅,能有一个西滩洼在这儿活活泼泼地存在,朴朴实实地保留,真是一种安慰,一种幸福。

# 安河物事

## 这儿是安河

一碗鲜得冲鼻子的羊杂碎,撒上葱花,撒上芫荽末,再来两根酥挺喷香的油条,利利索索下了肚子,一个酣畅的饱嗝圆哈哈打出来,胃口的记忆瞬间被激活了,儿时随家人在此赶集会的种种犹似昨日情形汩汩泛出——不回了!索性就在这个叫安河的小镇子上逗留一日。

公务下乡至此,恰好逢遇农历七月二十三的三日集会。但见人头攒动、小买卖喧腾,孤寂、萧条的镇子空前繁盛。为甚要选七月二十三这个日子集会?问过几个白发白须的老者,也都摆手摇头说不知。其中一老者用安河人惯有的时间观念做了解释:"老早以前留下来的。"

镇村改革,镇政府前几年已经撤并划归了邻近的罗子山镇。安河的干部和百姓当然一百个不情愿,也有代表出面找领导、跑有关部门,切切希望能把安河镇的行政建制保留下来,却奈何不得发展趋势。先是延马公路穿山越岭绕开安河,经罗子山直奔黄河大峡谷,又凌河起桥通了对岸的山西省大宁县,再后来学校、医院、派出所、变电站等七站八所又纷纷归并至罗子山镇,民意的胳膊终究没拧过政策的大腿,安河镇也不得不在三年前撤并划归了罗子山镇管辖。

没了政府的驻扎,没了七站八所按部就班的业务,没了学校里的琅琅书声,镇子就一天天衰败下来。

据说,新任职的镇长是安河本地人,架不住当地村干部的撺掇便协调了专款,安河出门在外的干部和生意人又千儿八百地筹了些,几个热心人自发组织了筹委会,提前发布了告示,请了剧团,招了商户,于是中断了多年的七月二十三安河集会又热热闹闹地兴办起来了。

东沟流出一条河,西沟流出一条河,两条河流在镇子中央交汇成安河。

安河,安河,安然、守静、滋润、祥和的河。在缺水的陕北,这样一河活活的流水是稀罕人的。早些年确有河水汤汤,哗哗啦啦,遇石翻白浪,无石抖绿绸,眼下却只是枯瘦如肠的一脉溪流,怯生生地,曲曲拐拐悄然东去。浅水细流便不生鱼虾,时令已是秋后,连蛤蟆的叫声也听不到了,倒是毛蜡、水葱沿河岸茂哄哄地生长,水面平缓处浮一层绿汪汪的"蛤蟆衣"。河湾里不见彩蝶翻飞,只有三两只绿翅黑尾的蜻蜓梦一般飘飘忽忽。河阶白生生的石崖上,留有上一次发水时黑黢黢的印痕和红漆刷就的"常年收购土蝎子"粗粗歪歪的字样。

先民逐水而居,不好说是什么时候有了这个镇子,有说始于唐宋,盛于明清的;有说始于明清,盛于民国的。《延长县志》载:安河集镇始建于清同治年(约1869),因地处河边,希望安定,故取名安河。由此来看,还是县志上的说法更靠谱些。

因了临水的便利,安河居民就多作务菜园子。镇子前滩叫了前园子,镇子后沟就叫了后园子。前园子有白、毋、呼、刘等杂姓落户客居,后园子则是杨姓老户聚居之地。

早年的安河镇很是热闹,河东河西多是办店开铺子的。当地几家老字号在相邻几县颇有名气,杨家专事熬糖,张家特制香油,高家掌握擀毡、编箩子的本事,权家精通炒硝配炸药的手艺。李掌柜的骡马店生意兴隆,佘老板的杂货铺人来人往,卫亮子的布匹成衣店售的条绒、涤卡、杭州丝绸成就了多少对后生女子的光鲜姻缘,"丁娃照相"一架机器、几幅布景让不少大人娃娃圆了"北京""上海""杭州""桂林"等名城美景"身临其境"的游玩梦。

一年一度的农历七月二十三集会,西北域内无人不知,无人不晓。近有延川、宜川乡人来赶会,远有绥德、米脂、韩城、蒲城之商贾云集。东有山西大宁、永和来人购物,西有甘谷驿、镇川小贩清货。那个人山人海、你拥我挤的阵势是难以想象的,前后园子都得挪脚行进。能听见叫卖声此起彼伏,却看不见买卖人何处发声,石桥上常有掉桥落水的人。

河南人鸣锣锵锵,"孙行者"挤眉弄眼翻两个跟头,耍几个花子,耍猴人拱手行礼一圈,说一通江湖话,就有硬币、零票纷纷投入场内。河北班子使枪弄棒打开个场子,于平地置一钉板,一壮汉裸着前心后背躺于钉板上,圆鼓鼓的肚子上再压上块木板,呼啦啦三五个后生站上了木板,汉子"嗨——"一声,肚皮一鼓,木板一掀,后生们趔趔趄趄东倒西歪,人群中就哇声叫好。

密匝匝的人群突然豁开了一道口子,原来是那北草地上的内蒙古人吆着高大的骆驼过来了。驼队来时驮着盐包,回时驮走棉花捆子。

20世纪40年代初镇上办过纺纱厂,办过火柴厂。点亮延安时期窑洞灯火的"丰足"牌火柴,曾一度享誉西北,其厂子的前身据说就在安河街上。

各个村子也都出过些人物。杨家村出过镇守江南的总兵,村里至今尚存总兵陵遗址,石刻列列,柏木森森,颇具气象。闫家圪崂村的"神枪闫忠"早年参与共产党地下组织的"围城抗粮"运动,百步穿杨,神出鬼没,只身入虎穴瓦解了一个民团,年仅二十八岁即以身殉国。石邱村张家三代研习堪舆学,看风水,定穴地,能掐准生死时辰。芙蓉村李门精通"短折子"擒拿格斗术,家族中男丁人人善使齐眉棍,棍术使得呼呼生风,水泼不进,出手铁砂掌能抠下枣树皮。

安河虽处黄河沿岸土石山区,却是物产充盈、品类丰富。出名的是红葱、红薯、酥梨和老西瓜,其中又以红葱最有名,其滋阴壮阳的功效长久以来被传播得神乎其神。据说当年镇上有个干部求进步,送礼跑关系,求人花钱三五年未能如愿,后来,提了两捆红葱去寻了个老干部居然把事情给办成了。原来那老干部多年混官场,胡吃胡喝胡日鬼(方言,捣鬼),糟践了身体,没想到两捆安河红葱吃完,居然趔趔雄起,孟浪得赛过十八九的后生,老干部高兴之余一纸批条就把小干部的事情办妥了。

故事不知是真是假,安河红葱的名气却因此更响了。精明的商家注册了商标,规模化栽植,抽真空精包装上网销售,连葱胡子都卖上了价钱,广告词简单亢硬:安河红葱——你懂的。

近年来,有安河出门在外闹成了世事的人煽惑着请专家、做规划,要重建古镇,要开发影视基地,要以商业运作的模式使往日辉煌重现。赞成者双手赞成,说这是好事情,是该把安河古镇好好恢复;反对者极力反对,说时过境迁,瞎摆那些冤枉钱没多大意思。

不管咋说,这总让安河的父老乡亲心里头扑腾扑腾地跳跃着希望呢!

## 张家喝了几口茶

眼下,前园子、后园子都走得基本没人家了。照见河西岸的三五户,槐树、枣树掩映着亮锃锃的红龙门,就跨河过去看看。

坡上种瓜,篱下栽花。瓜是圆硕的老南瓜,在院畔上累累坠着;花是大丽花,开得丰润浓艳,情绪饱满。篱笆圈起的小菜园里茄子几行、辣子几行,都长得精神。

"……初极狭,才通人。复行数十步,豁然开朗。土地平旷,屋舍俨然,有良田美池桑竹之属。阡陌交通,鸡犬相闻……"隔墙传出童声的琅琅诵读,让人一怔,就想拐进院子探个究竟。

院中的葡萄架下,小方椅上坐了一个约莫十来岁的小女娃,眼目清明似两颗琉璃蛋,双手捧书,正把个《桃花源记》诵读得起劲,紧挨着的老圈椅中,一个头发花白、眉眼宽厚温和的长者笑眯眯的,噙着尺余长的烟锅。

几句寒暄后,问出老者姓张,1943 年生人,也是这安河镇上的老户,在城里供销系统工作半生,退休后回到镇上颐养天年。张老膝下四子两女、九个孙子都在城里工作、生活,小女娃是趁暑假回乡下陪老人的二儿子的小女儿,读三年级,生于八月十五月圆之夜,就由爷爷取名望舒。望舒是月神之御,张望舒,真是好名字呀,不由得夸赞几句,爷孙俩就喜笑颜开。

九个孙子中望舒最好学,张老就愿意调教,前边已经熟读了《三字经》《百家姓》《幼学琼林》几本蒙学经典,这个暑假望舒跟着爷爷通读《诗经》和《古文观止》。

张老邀请我进窑中坐,又支使望舒在细瓷碗中泡了茶,在院中架上摘回了葡萄。窑内陈设简单,墙上贴着习近平阅兵的大幅年画,挂着全家福相框,箱盖上供放着白瓷的毛泽东塑像,堆放些书本,有厚厚的《说岳全传》《本草纲目》,还有近年印制的老皇历。

桌子上毛毡平铺,摊着宣纸,搁着羊毫。宣纸上是张老上午书写的"克明峻德"四个端方庄严的颜楷大字。观之,笔画横轻竖重,笔力雄浑圆厚,很见功夫,让人肃然起敬。

张老一边笑称"胡抹乱画哩,算不上书法",一边递过笔劝我也写几个字,望舒也在一旁帮腔,说叔叔肯定也是能写好字的人,非得让写个"闻鸡起舞"给她,弄得人窘迫至极。我心里构思着"椿萱并茂",构思着"兰桂腾芳",终究没敢动笔,只恨自己功夫不到没那两手。

我从盘子里揪了颗葡萄丢进口里,又惶惶地端起碗喝了几口茶,恨不得地上裂开个缝赶紧让人躲进去。

## 桥

说起安河,桥必是要说一说的。

　　桥是安河的代表，是这个地处山谷中的小镇子标志性的建筑。相邻的罗子山镇委身于一个吃风的干山峁子上，没有水流，没有桥，而安河有两座桥。

　　前园子有一座桥，东西向，是小河上常见的那种普通得不能再普通的过水石拱桥，桥长不过十来步，宽不过三五步，若不是有那活活的流水提醒，你或许都意识不到这居然是一座桥。这桥因了地处小镇南口的位置，又连通着通往县城和塬上众多村庄的要道，所以担当着南大门的角色，安河人惯说的"桥头子上"就是指前园子这座桥，而"桥上"则说的是后园子那座桥。

　　每天早上都有定时的班车从"桥头子上"发出。"嘀嘀嘀——"的喇叭一响，形形色色的人就从四周聚拢过来。有穿戴齐整、头发梳得一丝不苟的干部，胳肢窝夹着黑皮包，见谁都眯眯笑着，点着头留个好印象；有急煞煞的老婆婆背着鼓鼓的花布兜，怀里再紧紧抱着装了鸡蛋的纸箱箱，八成是去城里给女儿或是儿媳妇守月子的；有三五个捎着铺盖卷，相跟着说说笑笑的年轻汉子，手包中露出钢尺头子、瓦刀把，是常年四方游走，吃百家饭的揽工人。管你车喇叭催得多紧，总有那么一两个主，外衣披着，腆着个肚子，品着烟，不慌不忙地晃过来。有性子急的司机从车窗探出头去叫："快些嘛，车走也。"人家还是不急，口里烟一喷："他干大还没上车，他狗儿敢走哩？"——不用问，这是满年四季走州过县倒腾买卖的生意人，出门出得多了，嘴皮子和性子都磨得油滑了。

　　后响，班车一回来，照例又是在这"桥头子上"停住。车门一开，呼啦啦拥出一堆人。有晕车的早就憋不住了，三两步跑到桥边，手把个桥栏，弯腰弓背吐了起来；有一脸倦色，没精打采背着行李长途归来的出门人，跟熟人招呼一声各奔东西；有那精神的，天南海北地发布一番进城见闻，说政策，说城里的物价、气候，说城里满街上没规矩行走的汽车，也说城里有些洋婆姨裤子绷得紧箍箍的，尻壕子都能看见，纯粹羞先人哩……

"桥头子上"是安河通往外面世界的起点，是小镇的一处景观，一个窗口。

后园子这座桥，南北向，据说建于清朝，安河人惯称"桥上"。其实也普通，只不过比"桥头子上"那座高些、长些、宽些，但也绝没有"长虹卧波"的气势。东沟流出一条河，西沟流出一条河，两条河呈"人"字形汇聚成安河，这桥就横跨了"东沟河"，接通了前后园子，使得安河镇有了个统一的格局。

两个桥墩稳稳地扎在相距不远的石岸上，一个大的圆拱负担着两层压茬垒砌的石条子，桥面用石片齐齐铺过，两头没有石狮蹲踞，桥栏也只是简单地以铁管穿就，整个桥不事雕饰却透着结实，透着稳固。

你只需稍微留意就会发现，这座桥自有它不同凡响的地方，它恐怕是世间少有的同时跟两条河流有牵扯的一座桥。

可不是吗？

横跨着"东沟河"，又依傍着"西沟河"，这桥就像一个贪心而多情的汉子，处处惦记。不过，也是白惦记。"东沟河"自桥下蜿蜒流过，"西沟河"几乎就要贴着桥身了，却终究平行着这桥撒着欢溜走了，刚刚丢过桥身，两条河水就汇聚一处激起浪花，抱成一团咯咯欢笑，只留这桥兀自痴痴地守候，似有着地老天荒的实诚和憨厚。

——吃了吗？

——吃了。

——做什么也?

——转一转。

清朝垂着辫子的爷爷这么问。

民国罩着长衫的孙子这么答。

不管爷爷、孙子都有过相似的童年,下河里耍水捕蛙,站桥头开裆撒尿。

河水哗哗日月交替,陈芝麻烂谷子荣辱兴衰。

在以前,逢着农历七月二十三集会,桥下的河湾里便是约定俗成的牲畜交易点。十里八乡的驴牛骡马汇集于此,马嘶驴嚎骡子尥蹶子,绒毛皮张摆开一河滩,热闹非凡。

乡人羞于言商。相中了牲口,你买我卖的事情,价钱却不说明叫响,袖手撩衣暗中捏码子。买卖双方脸都定得平平的,却在袖筒里、衣襟下使手指头虚虚实实相互掐捏,三锛两斧子弄妥了,就欢欢喜喜牵了牲口去桥洞里数钱;要是各自感觉差得码子大,也不当紧,这行当里自有调解说合的牙子(方言,为买卖双方撮合生意,从中赚取佣金的人)专吃这碗饭,买卖成交了,生人抽几个份子钱,熟人请一顿羊肉泡也是皆大欢喜的事。

第一次踏上这座桥时我大概七八岁。那年,妹妹得了病,要由父母带着上地区的医院医治,我需要被暂时托付到安河镇上的姨家。一大早赶到安河,在"桥头子上"下了车,我拽着父亲的衣角,走过前园子,爬上碾子坡,就看到了这座桥。

这是我人生中头一回遇到桥。此前,我只是在书上看到过这种凌驾于河流之上的建筑。

踏上桥,我的身子微微发抖,心怦怦地跳着。河水在桥下哗哗流淌,我随父亲在桥上走着,一种紧张里分明又裹挟着美妙的感觉充塞着一个乡村少年敏感的心。桥的那头,有姨在等候我们,姨家就住在后园子,我将要在姨家寄居些日子。感觉多么奇怪却又温暖,这世上有一个不是母亲却跟母亲十分相似的女人,她就在前头,在桥那头等着,她将要接管我,这真是让人忐忑而又幸福的事情。

过了桥的时候,天光已经大亮。

父亲把我交代给姨就转身走了。我被姨温热的手牵着朝前走。临街的店铺纷纷开张,一块一块柜台上的深蓝色木板被哐啷哐啷地卸下来,迎面赫然就是安河供销社的门面,一排青砖到顶的大房子,灰瓦鳞鳞……

一个新奇的世界在我眼前打开了。

## 夜戏

赶一回七月二十三的安河集会,有这么几宗事要办:吃一顿馆子,遇几个亲戚,置办些穿的戴的、吃的用的,再就是看几出秦腔大戏。

这几宗事情里头要说最当紧的,大概还数看戏。一场酣畅淋漓的秦腔看下来,人从眉眼到心窝像是叫一把滚烫的大熨斗给熨烫了一遍,哪都再也没有一点点褶子了。那个熨帖,那个受活,直叫人觉着这日子呀可是美着哩,光景嘛——还得好好过!

县剧团的人不管男的女的,是演员乐师,还是管衣箱杂事的剧务师傅,就没有一个不好看、不周正的。老百姓说不出"气质"这样的词,就说,剧团的人看着都"飒爽爽"的,人家就该吃那碗饭。演员们下了戏台出来溜达,可滩里的眼窝就像伸出了数不清的棍子一样直戳戳地盯上去不放了。看人家女演员身子妙妙的,眉是眉、眼是眼;看人家男演员个子端正正的,立着有样子、走着有样子。人家要是回一眼,"直戳戳的棍子"立马就折了、弯了,人就很是局促不安,好像比人家矮了几分、小了几辈。

看那些珠翠头面的旦角轻轻浅浅踩起细碎的莲步,红口白牙唱一段悠悠颤颤的腔调;看那些凛凛有仪的武把式虎虎生风耍一通刀枪,斩钉截铁、荡气回肠吼几句钢音;看罢《窦娥冤》,前滩、后滩的婆姨女子都爱上了一身白,说"女要俏一身孝"。挤眉弄眼、斜说顺对,鼻子涂了白的一个丑角是安河本地人,这活宝演戏间隙逮空溜下戏台还帮他爷爷照看卖瓜的摊子,就有相熟的人打趣:"哈呀,你这'张连',今儿不卖布了,卖上瓜了?""张连"就把两个眼珠子一错、嘴一撇,来几句戏词配合一下。

白日里集会上哇呼吵闹,戏摊上就更是炸了营一样吵得人瞀乱(方言,形容人心中非常烦躁)不堪,脑仁子都疼。

要说真正看戏,还是夜戏最过瘾。

吃也吃了,喝也喝了,前滩、后滩人堆里蹍摸的时候,想见的亲戚朋友也都遇上了;东西呢,不着急置办,因为散会的最后一天大处理,便宜。

戏迷们只等着夜戏开演。

黑夜降临,戏台上亮起了灯。戏台外侧挺拔的杨树上架着的高音喇叭断断续续播放着丝竹鼓乐的混响。

夜戏还得一会儿。扩音器开着,嘈嘈杂杂的各种声响就传出来了:念白的,吊嗓子的,架鼓、调弦的,给板胡、二胡、高胡弓子上松香的,还有嘻嘻哈哈说笑着的剧团人各式各样的洋腔。隐约传出半截"苏——三离了洪洞县……"的唱腔,立马就给过河前来看戏的佘跛子给逮住了。佘跛子是个老戏迷,他能一字不差唱出《下河东》的"四十八哭"和《斩李广》的七十二个"再不能"。他说:"嘿,今黑个没问题是《玉堂春》!"周围人就把崇敬的目光投过去,佘跛子"吭"一清嗓子,一脸得意,接着说:"这个《玉堂春》嘛还有个名字叫《苏三起解》,说的是……"

跟前,马上就有灵光的后生递上一根带把的纸烟,掏火点上,又硬夺过佘跛子拎着的板凳夹在自家胳肢窝,说:"阿伯,今黑个侄儿就坐到你跟前看戏吧。"

开戏前,热闹的是台下。

娃娃们撕撕挖挖、追追打打跑龙套一样到处乱窜。

戏台两边卖各式小吃喝的摊位上都挑起了马灯。卖糖精颜料水的胖婆姨麻麻利利摆好玻璃杯子,和好绿的、红的糖精水,嘶声呐喊:"大杯一毛,小杯五分,不甜不要钱咪。"卖瓜子的黑脸后生也奇怪,不喊瓜子多少钱,却说:"嗑瓜子哦,嗑瓜子。"念经般一股劲叨叨,好像他要请大家白嗑他的瓜子一样。有个紧邻镇子的叫桥沟的村子常有个小老汉:大脑门、短腰、罗圈腿,他卖的是炒红薯干,他这么吆喝:"自家窖的红薯干哦,吃可甜,咬可脆,打嗝上来是饼干味。"小老汉这么一吆喝,把那些准备买瓜子、喝糖精颜料水的人差不多都招引到他的红薯干笼笼跟前了。卖水的胖婆姨就笑着恶口(方言,骂人):"桥沟家老汉,你死远些,生意都叫你搅散了。"众人就呱啦啦地笑开了。

突然，急促的板鼓热锅炒豆子一样咣咣咣响起来，紧跟着马锣、勾锣响了起来，小镲、大镲、铙钹、梆子都响了起来，被高音喇叭似乎逼急了的疯婆姨扯开嗓子叫喊起来。各种打击乐节奏明快、生猛响亮的交响像是一老盆劈头盖脸泼下来的滚水，一家伙激起了戏摊上所有人的精神。

这叫"造台子"，是大戏开演前必有的铺垫和造势。

紧锣密鼓的一通敲打渐息，板胡、二胡、高胡，还有扬琴、琵琶、长笛、黑管的交响渐起。

丝竹管弦的婉转曲调中，大幕徐徐朝两边拉开。戏台顶上，一排十几个灯盏明朗朗地照下来，一个新奇、美好、敞亮的世界在台上呈现出来。如果是《游西湖》，背后的布景便是湖光山色、亭台楼阁的明丽嫣然；要是《下河东》，布景便是残阳晚照下的古战场，隐隐可见一座城池，城楼凹凸有致的墙垛上插着猎猎舞动的旗子。不管是"杏花烟雨江南"，还是"胡马秋风塞北"，这些个场景都是平常日子里老百姓难得一见的稀罕景象。

印象较深的是《铡美案》中的《杀庙》一出。秦香莲拖儿挽女，凄凄哀哀仓皇逃难，架不住那韩琦手舞钢刀步步相逼。民妇秦香莲鬓散发乱、水袖激舞紧紧抵住夺命的钢刀，军爷韩琦吹胡子瞪眼、气焰冲天；一边是"我这里放下破天胆，儿女们后退莫近前"的惊慌失措，一边是"上令差遣不敢延，不杀民妇难回还"的决绝果敢。台上上演着剑拔弩张的紧张，台下笼罩着提心吊胆的氛围。祷告苦诉中的秦香莲两行热泪潸然而下冲开脸上的脂粉，在台上灿然的灯光下鲜亮夺人。

台下看戏的人堆中也是一片呜咽声，眼软的女人们纷纷掏手帕、抬袖口抹起了眼泪颗子,也有那老汉眼窝里汪着泪水,清鼻涕长蚰蜒一般摇摇欲坠,手举着烟锅子半天忘了抽。

那当朝驸马陈世美,"坏种""烂心肝"地被老老少少变着法辱骂着。

无意间抬头,昏黄的下弦月已在东天,月光模糊、涣散,像是叫戏台上的声声板鼓给敲蒙了。

台上的忠奸善恶、悲欢离合最终都在由唢呐挑头的喜庆曲调中圆满收场,拉幕戏终。台下看戏的却都迟迟疑疑不甘离开。若是集会最后一天的夜戏,散了戏总有人会说:"唉——好日子可过去了,再想看戏,等明年七月二十三吧。"

好多人心里就轻恍恍地,像是有些什么被生硬地掏走了。

# 小镇光阴

## 公社大院

我记事的时候其实已经改称镇政府了,可是老乡们却照旧习惯"公社"这个叫法。

两堵石灰罩面的砖围墙,黑铁栏的大门中间焊镶了红五星的造型,两排高低错落的石窑洞构成器宇轩昂的公社大院,构成雄赳赳的基层政权。

诱人的是大院里四平八稳的那辆草绿色帆布篷子小汽车,和电影《渡江侦察记》中的一样神气。只是一年到头鲜见出动,大多数时候书记、镇长们也只骑摩托车。可能是七拐八弯的山路更方便摩托车的奔腾,也可能是为了节省汽油,毕竟那个时候不管政府还是百姓,大家的日子都过得捉襟见肘。

有个同族的堂兄居然在这个大院里工作。

赶集的时候父亲会领我去他办公的窑洞里喝水。堂兄窝在高大的办公桌后边翻报纸、呷茶。桌子上正儿八经地堆放着报纸、文件和各种表册。父亲和我被让坐在办公桌对面的长靠椅上，喝着堂兄递过来的花茶，我感到局促不安，心里很难轻松。

只要途经大院，我就禁不住向里张望：院子里，三三两两的干部和前来办事的乡民打着招呼或站着拉话。有时候，难免会有一只不知好歹的狗闯进来，或有几只不明就里的鸡搅进去。如果天气晴好，常会有一个身穿黄军裤、脚蹬翻毛皮鞋的司机和一个卷着袖子、戴着眼镜的干部嚷嚷着在石床上走棋。

有一次，刚刚散会，一群脱产干部和各村来的支书、主任说笑着拥出大院。

"尿毛擀不成毡，这厮当不了官。"

"胡说，我看这人是背起手上鸡窝哩——不简单（捡蛋）。"

一个"火车头帽子"和一个"中山装"边走边议论刚调来的大院某领导。

大院门口的大灶上，高高耸立的烟囱总是飘散出诱人的肉香味，我总觉得那些香味就是从那高高的烟囱里混杂着的黑乎乎的煤末子中飘散出来的。

一个孩子的嗅觉，只限于直接的刺激，对于政治，毫无概念。

真的，当时我的认知简单而主观。

## 文化站

这是我儿时最喜欢去的地方。

只是两间灰扑扑的瓦房，门脸也没显出什么特别，位置就在公社大院的对面。门楣上悬一块白铁皮，上书"镇文化站"，是立体的美术字，红字描了白边，颇显讲究。

窗台上挂块黑板。其上拉拉杂杂写画着"学习敬老爱幼王秀珍"或是漫画"墙头记"之类,有号召也有批判。

有着鲁迅一般的浓眉毛,驼着背的呼延站长和父亲抽着烟拉话。我的目光在两排直通屋顶的阔大的书架上贪婪地搜寻叫人叹为观止的丰富宝藏!连环画《鸡毛信》一定要看,《三侠五义》也吸引人,《巴顿将军》翻一翻,《流星》不喜欢,《秦腔折子戏本选》看不懂……

好长一段时间,我享有随时借阅的权利。

呼延站长不一般,他能用笛子吹奏《催马扬鞭送公粮》和《苗岭的早晨》,会用广告色画漫画。他还负责油印一本文艺期刊,上边赫然印着他的隶体大名。

大冷天,外边刮着风,屋里炉火正旺,铝壶里的水咝咝地响起。

呼延站长鼻梁骨上架了眼镜,精细地对着一对木箱子描画。几笔一只喜鹊登梅,栩栩如生,呼之欲出;又几笔呈现出南京长江大桥,桥下圆拱桥洞,桥栏插红旗,煞是气派。身边央求他的主顾满脸堆笑,一会儿敬烟,一会儿又敬烟。有时候他估摸是画烦了,画笔一摔,停下来猛咂几口烟,退后几步瞅瞅,索性团起几张写过大字的软宣纸,在料碗里蘸蘸,然后在上了底漆的箱面上一旋,再一旋,如此反复,一组排列组合的奇异花纹就呈现出来,瞅上去也蛮好看的,这是抽象派之于我的早期印象。

我早早地晓得了蒙在三弦子音盒上的是蟒皮,晓得了原南京军区出版的《解放军画报》,这些个见识让我当年混在孩子堆里威风凛凛,底气十足。

# 供销社

被日头晒得滚烫的长石阶上总有几个老汉,头上勒着脏乎乎的羊肚子手巾,不嫌晒,口里噙着烟锅嘴子,坐着。

临街好几个大门面,敞开着,却也不够亮堂。

花麻麻的老玻璃柜台后面,吊儿郎当地立着几个售货员。男的女的都穿着的确良或者卡其——反正是那种很好的布料。吊儿郎当的他们抽着烟或是随意在身后的零食斗子里抓嗑着瓜子。

所有货品分门别类占据着几个区域,铸铁炉子、长筒雨靴、红盆绿桶的搪瓷制品、洋铁制品铺排着,强烈地展示着一种货卖堆山的排场。

堂兄们去搬化肥的当儿,我攥着几个零票,鼓足勇气尝试着独自交易几根果丹皮或是一小盒高粱饴,钱几乎是被一把夺过去的,啪一声,东西被摔在柜台上。顾不得小小的自尊,我飞快地抓过东西放进衣兜,耳热脸红地窜出门市。此后长长的日子里,我对这个柜台后面的行当都充满了无以言说的向往和痛恨交织的情感。

后院干着收购杂货的营生。架子车上的几麻包棉花,荆条筐里的三五束药材,几只被挑在猎枪管上晃晃荡荡的山鸡和野兔一股脑儿拥到后院接受挑拣。

机缘巧合的时候会遇上拉货回来的卡车。

胖乎乎的、一年四季总是酒喝得醉醺醺的供销社主任,一边剔着牙一边吼叫着指挥卸货,一伙年轻人上蹿下跳,老王家打狗——一起上手,这是个很有些壮观的场面。眼毒的人在卸货的过程中能通过外包装分辨出某些紧俏货,然后四处显摆这些信息。

有一年,父亲曾托关系从这里搞到一批赊销布并销了出去,赚了一些钱。不料,那年冬天奶奶病故,操办丧事的费用由此得以保障。

## 粮站

麦收了。

三三两两的拖拉机、三轮蹦子或是套着毛驴的架子车载着鼓鼓的麻包或蛇皮袋子从四面八方的各个村庄百流归海般朝这里汇聚。

这也是个足够气派的地方,单说它的院子就是别的单位不好攀比的——用厚厚的洋灰做了硬化处理,这便于晾晒粮食,也便于打篮球。粮站那帮小子因此总是牛逼哄哄的。

一排长长的石仓窑坐落在五级石阶之上。每个仓窑只在顶端开了小小的一扇窗,关闭严实的厚木门中间用红油漆醒目地编着号,粮1、粮2、粮3依次端溜溜地排列下去,自有一种说不出来的森严规整。

收粮的日子,院子里横七竖八地停满了拖拉机和驴拉车,那台锈迹斑斑的磅秤旁边,缴粮的人们簇成一疙瘩围着过磅员套近乎。过磅员手操一杆长杆锥形量筒,量筒在粮食袋子里一插到底,再唰地提起,顺带着把庄稼汉的心也提了起来。过磅员把带上来的粮食搁嘴里咂嚼一番,若是眉头皱起,坏了,不够干燥,搬袋子去院子里晒吧。被淘汰出局的庄稼汉圪蹴在墙根下,吧嗒吧嗒地抽着烟,郁郁寡欢。

毛驴不管这些,或是噗噗地喷着响鼻,或是绷着缰绳,伸长脖子用嘴去使劲够那墙头上的几片草叶。更有甚者,屁股一撅,屙下一堆粪蛋。

跟前,正在锅里下面的粮站女人就皱起了眉头:"哎呀! 这是谁家的毛老子,把人可欺负死了!"

## 戏摊

飞檐斗拱的高大戏台当仁不让地占据着戏摊的黄金位置,台下,在平日里是乱石头瓦块和疯长的蒿草。

每逢农历八月十五,大概是源于"中秋祭月"的礼制,镇上要过会。大戏一开唱,戏摊就热闹了,像炸了锅,乱哄哄的人群制造着乱哄哄的热闹和混乱。戏台外侧两株高大的杨树上居高临下的高音喇叭趁热打铁地吱哇。熟人相见满脸笑着,大张着嘴,或者干脆贴着耳朵大声交流,让人既兴奋又不耐烦。

戏台上的锣鼓声一阵紧似一阵,孩子们只关心刀来枪往的打斗,从大人们的口里得知正在上演的是《薛刚反唐》,那"逆子"薛刚踢死了皇子,还怒目圆睁,据理急辩不肯认错。几个跑龙套的小卒挥舞着片刀循环往复,制造着两军交战的激烈气氛……

胡乱看上一会儿,就不再感兴趣,胆大的孩子从戏台两侧攀爬上去探究后台的秘密。于是一部分人在看戏,一部分人在看孩子。

好几年间,有一个演老旦的戏子居然也在戏台边捎带着卖水。玻璃杯中盛一些红的绿的糖水,一小杯五分,一大杯一毛。她和她的搭档们轮流着看摊,孩子们一手交钱一手交货喝完她的水,双手恭敬地给她递上杯子。

戏散了,戏摊也乱了营,有丢了孩子的,有鞋被挤掉的,有高举着凳子试图从人堆里突围的。负责维持秩序的几个高大魁实的汉子挥舞着手上的衣衫,龇牙瞪眼地喊叫,却没几个人理睬。

一次,我溜到了后台:几个红男绿女正在卸妆,便衣混搭着戏装,素面混合着油彩,很是滑稽。一个青面獠牙的家伙光着膀子喝水,他身边杵着的银枪眼看向一边倒去,只见他腿一伸,脚一钩,银枪就飞了起来,用左手一把接住,右手依然稳稳地端着水杯子,头都没回。我被惊傻啦——这身手!

## 邮电所

这是个有些神秘的所在。

它的神秘是总有某些手段将外部世界的遥远信息带回小镇,当然也负责把这边的某些事情传递出去。

逢集遇会的日子,人头攒动。那个神通广大的邮递员,有着电影《庐山恋》中男主角一样气质的邮递员,身着绿制服,手扬着一沓子信件、电报和邮单在人群中点名。

某某,你二叔的包裹单,他三小子在新疆当兵吧? 寄来了葡萄干,去后院领走!

某某,你女子的挂号信,娃出息了啊,中专快供完了吧?

估计是报喜不报忧,净是好消息。也是,来邮电所似乎都是奔好消息来的。

院子里,黑乎乎的一台摇把子电话机就安在窑檐下的窗台上,打电话的人高喉咙大嗓子地吼着,生怕声音小了那头听不见。几个没事的人,戳在旁边看着,看人家打电话。

据说,靠东边的窑洞里头装有发报设备。我幻想,那应该和电影里敌特的装备有一拼吧？可惜终究没能亲眼见证。在兰州生活的四爷一家只是和我们保持书信往来,而家里也似乎一直没什么紧要事要着急发电报。

哎!

一直没有。

## 医院

大宝眯着眼睛,眉头微皱着,嘴角隐藏着一丝不易察觉的微笑。他左手捏一小团酒精棉球,一支针管在他右手熟练的操作中做向上的活塞运动,几滴药水急不可待地从针尖上蹿出来。

冰凉的病床上早已准备好了半个白花花的屁股,有时候是我的,有时候是妹妹的,整个气氛凝重而紧张。

镇上的人都叫他大宝,大宝主宰着医院里的一切。

戴着白袖套的大宝不抽烟也不见喝酒,还有些笑容可掬。可是孩子们都怵他,就连粮站的那帮浑小子见了他也远远地就躲起来。人人都知道大宝熟练使唤的那支锐器铁面无私,所向披靡。微笑并不代表友好,全镇的孩子们在这一点上有着统一的认识。

好在大宝家的强子总和我们打成一片。强子时常偷带医院里的透明气球出来玩,这玩意吹起来和常见的气球存在造型上的些许差别。有一次强子还把这种气球拿到了学校,小子们一人一只,腮帮子鼓起来吹得面盆般大,居然都没爆。

我们一致认为那是质量最好的气球。

## 拖拉机站

四圈他爸就在拖拉机站工作。

高头、长斗子的大马力拖拉机,装备了像坦克一般履带的推土机一溜排开在院畔上,那叫一个排场,竟然没有围墙。于是下了课,我们顺着学校的小路就溜过去了。

胡子拉碴的奎子叔是我同村人,也姓白,他能说出"天下螺丝朝南开"这样的话,我敬佩他。

一伙小子们常去看奎子叔修理机器。看他杀猪一般胸有成竹地拧松螺丝、卸下齿轮、拆开油箱,把一台机器大卸八块。当然也不甘于只看着,奎子叔喊"钳子",我把钳子递上去,马上又喊"扳手",另一个手快的小子就递上扳手。我们相视一笑,彼此有一种心照不宣的愉悦。

四圈早就吹嘘他掌握了四轮拖拉机的驾驶技术。于是我们就商量着里应外合,商量着如何把四轮拖拉机开出来,一直顺着公路去邻近的村子里走一趟。这个计划让我们无比亢奋,我们野心勃勃地盼着时机的到来。

行动在一个月朗星稀的夜晚展开。梁子、红平和我还有玉东蹑手蹑脚地向拖拉机站摸去,梁子装腔作势地间或咳嗽几下,四圈在裤带上煞有介事地别了一把"左轮"枪。可是下午分明由四圈藏在砖垛中的柴油机摇把却咋也寻不见了,没有摇把就发动不了柴油机,真扫兴!

又是在一个晚上,突然真相大白——内部消息透露,那天是四圈的二姐亚玲向站长告了密,因而导致了我们行动的失败。

那晚,我们摩拳擦掌。

那晚,我们义愤填膺。

出于内疚,四圈从家里偷出半包壶口牌香烟讨好我们。我们挨个用一根火柴点着了烟,靠在小学校的外墙上沉思。明明灭灭的光亮中,我们一致决定把亚玲姐和文化站小张偷偷拉着手去玉米地的事向大人们揭发,毫不留情。四圈犹豫着,许诺给我们一人三颗打弹弓的钢珠,我们没同意。

我们坚决不同意。

## 信用社

高围墙,石片拉碴垒砌的墙头上又密布了尖利的碎玻璃,门口卧一条狼狗。说是狗,但分明是狼,我亲眼见它三两下撕咬着吃完了一只死鸡。

这里有点像监狱,我时常觉得。

歪脖子的信贷员噼里啪啦拨打着算盘,自信、傲慢。他坐在有着铁护栏隔着的柜台后面。桌子上散堆着前来办事的人敬给他的烟卷。他的身后是几只靠墙竖立的铁皮柜子,其中有一只略矮的,感觉沉实厚重。

母亲庄严地展开手帕,手帕里裹着纸包,再展开纸包,纸包里是一小沓纸币,是钱。母亲和歪脖子的信贷员交谈,意思是一部分存起来,一部分要换成新票子。

我踮起脚尖使劲去瞅铁护栏后边的情况:歪脖子的信贷员站起来,转过身去鼓捣那个略矮的、给人沉实厚重感觉的铁柜子。铁柜上一只手柄被他左拧几下,又右拧几下,然后咔嗒一声柜门打开了——整整齐齐的纸币,一摞一摞的钱码在里头。

新年的早上,我掀起枕头,几张簇新的票子赫然出现。

几张印着英姿勃发的女拖拉机手,几张印着目光炯炯、手持铁钎子的工人。我知道,过完年母亲又会把这新票子收回去,以买书、买本子的名义。

这倒无所谓,让人念念不忘的是这些新票子的来路和它们诡异的身世。

## 学校

清冷的教室里,头发花白的语文老师用蹩脚的普通话领诵"一去二三里,烟村四五家……",一个班十几个傻孩子鹦鹉学舌跟着叨叨。

体罚是免不了的,可能是乘法口诀记不全,还可能是对女生说了脏话。体罚的方式有罚站、替老师的菜地浇水等,这要凭老师的心情而定,最严厉的则是展平双手,让细长的教棍劈手抽下来。

那些年的冬天是真正的冬天,再加上教室里从来不搭火炉,所以我们老是冻了耳朵,手也皴裂得惨不忍睹,可是作业基本都在学校里写完了,放学后是没人再操心功课的。

一排向阳的窑洞,一半是老师们的办公室,一半是我们的教室。没有围墙也没有大门,高晃晃的一根钢管擎起一面鲜红的国旗,每周一次升旗仪式,响亮的旋律从大喇叭里传出来,全校的学生都能一字不差地合唱《义勇军进行曲》。

有一年来了一位兰州的女老师,板书漂亮,歌唱得极好听,她用一块蓝地红花的手绢把马尾辫辫随意一扎,我们都觉得好看。

女老师姓车。

车老师负责教我们音乐和美术。那年过"六一"的时候，车老师编排了一个和草原骑兵有牵扯的舞蹈，我们几个顽皮孩子也参与了。车老师用自己的胭脂和眉笔给我们"打脸"，她靠得很近，我们敛声闭气配合着。那次舞蹈，我们跳得很开心，很带劲。

从此，继北京、上海之后，兰州成了我们向往的第三个美好的城市。

# 村花葳蕤

　　整整一个国庆假期,我们游荡在黄河沿岸的旧村落里。尽量避开那些明目张胆的彩钢、树脂瓦所装扮的"新农村",避开那些叫人郁闷的刺眼的亮色。

　　同行的是个远房侄子。这小子混过几年商界,官商暧昧,赚过,赔过,浮躁而风光。后来,身心终都归于平静,居然读起了梁漱溟,读起了仓央嘉措,还拢起几个人搞一个"桑梓云村"的项目,打算把眼下一盘散沙的村子在网上重建起来,把那些逝去的和正在逝去的村落文化拾起来,建设"网上敦煌"。

　　几个人坐一辆刚刚从青藏线上回来的满面征尘的三菱车在弯弯拐拐的山路上蛇行。

　　正是村花葳蕤的季候。

　　野菊花。黄的,白的,紫的,一蓬一蓬在村道两旁竞放,像不服管教的乡野村童,散漫不羁,疯野欢实。这些荒凉村野中的人间草木识得春秋冷暖,应季而发,连绵不绝,一骨朵一骨朵团结起来,使得废墟般的旧村落沧桑而丰美。

野菊花——一个野字,透出了艰辛以及宿命般的随遇而安。似卑微的乡村草民,没有"登堂入室"的富贵命,却也不受豢养,独具了一份花的形貌,花的精神。

待到秋来九月八,我花开后百花杀。

冲天香阵透长安,满城尽带黄金甲。

一千多年前的黄巢,他的《不第后赋菊》吟诵的当是怒放的野菊花吧。科举考场的失利使青年黄巢不再对官家抱有什么希望,使他对吏治和王朝的本质有了更清醒的认识。

当这个落魄秀才打马还乡,于猎猎秋风中遭遇傲然怒放的野菊花,那大片浓郁、炫目的金黄一扫穷秀才落第后的萎靡困顿。草木贫贱之花瞬间转化为摧枯拉朽、雄霸天下的王者之花。这个志向勃勃、高标孤傲的山东后生揭竿而起,拉起了一帮受欺压的人,把个李唐王朝搅了个天翻地覆。可以想象,那些所向披靡的农民起义军,其势头大概正如这葳蕤而生的野菊花。

乡人有句话,说得够劲:"鳖逼急了也咬人。"

洋姜花很有特点。直挺挺的茎秆,低者一人多高,高者竟有两三米,像一个头顶黄帽子瘦精精的大个子。花开纯黄色,再无他色,无味,形似格桑花,但比格桑花看起来本分一些。格桑花似有点轻佻。本分的洋姜花盛开在破墙烂院中、底沟坡洼上。老乡说,洋姜花"贱活",一旦连成片,人和牲畜放开了欺负也根本不误事。

一次种植,永续繁衍。呵,这打不败的瘦高个儿。

对了,学名称菊芋。

村花葳蕤

花蔓缠缠绕绕在人家窑院外的柴垛上、菜园的篱笆上。花儿朵朵。这是喇叭花,也叫牵牛花。想不通,这羸弱的花蔓怎么能牵得住牛?——肯定不是靠蛮劲。可惜的是,虽状如喇叭,也奋力鼓吹,却拼了命也弄不出什么声响。可惜的还有,眼下过了季,蝶呀、蜂呀也不肯再光临。喇叭花倒不是很在意这些,明丽,朗然,自顾自地开,开成了一阕婉约的宋词。

因为有着红薯一般的根疙瘩,大丽花在乡人口中就成了红薯花。入乡随俗,这倒没什么不好。这花多见红黄两色,开得肥硕饱满,开得雍容富丽,极像牡丹。村野中红薯花不多见,只那么三两株貌似贵气地独秀在小康光景的独院里,接受些淘米水的浇灌和人为的侍养,却也成不了气候。乡村里不吃这一套。

不得不说说南瓜花。

南瓜花的花期可真长,能不歇气地开个半年多。开到根本都结不出南瓜了还开。秋后的南瓜蔓子遍地扯,蔓子上瓜瓞绵绵,可南瓜花开依然。开得徐娘半老,开得有那么点不正经。南瓜花自有人家南瓜花的道理。

一路走走停停,到处是自然而然的美景。即便是杳无人迹的荒村也有丰茂的植被覆盖,也有葳蕤的村花点缀。

终于,我们寻着了棉花。紧挨着谷子地,一小片棉花已然绽开。像是他乡遇故知,这一小片棉花让我们感动。

我们通常说的棉花其实不能算是花。棉花在绽开为棉花之前经过了棉桃,棉桃在结为棉桃之前已经开过花,起初是乳白色,逐渐粉红,最后暗红。

农谚说:"早糜子迟棉花,收死也不羡它。"意思是,糜子下种不能过早,过早了,虫害欺负不肯结穗子;棉花下种则不能太迟,清明前就得下种,迟了不行,赶不上节令的趟就结不出棉桃,或是结了棉桃也绽不成花。农谚还说:"棉花锄七遍,棉桃赛鸡蛋。"看看,作务棉花有窍道,起码得勤快。

棉花也开花,花敛了才成棉花。

敛,是为了一场更为盛大的绽放。

棉花,棉花,衣被天下之花,这是与我们肌肤相亲的花呀。康熙皇帝说其"功不在五谷之下";白石老人曾作《棉花图》,题跋:"花开天下暖,花落天下寒。"

棉花能钩沉起哪些往昔呢?是不是棉田里四季忙碌的粗糙的手,上下翻飞的掐叶、打顶、摘花的灵巧的手?是不是早年乡村里嗡嗡的纺车声、咔咔的织机声?还是那些油灯闪焰的夜里,老母亲穿针的走线、缝衣絮棉的身影?

棉花盛开的故乡是温暖的,能吃得饱还能穿得暖就是幸福。

说这些,顶什么用呢?想想,世人还是多爱牡丹。

## 电影哦，电影

那些年，村里放电影多数是在冬天，再确切些说是在临年腊月。

腊月里是一年当中庄稼人相对消停的时候。地里的活计、家里的营生，该捯码的差不多都捯码完了，各家烧锅的柴火也都在各家的院畔上整捆整捆地摞了一摆溜。

两口子大概也趁着这一年难得的消停劲在暖窑热炕上把忙月里撂下的活儿狠狠地补足了。咋说呢，反正庄稼人不再是马踩车一样地忙了，甚至都有点闲驴啃橛子的味道了，村道上也常有闲散的二愣子后生"嘘嘘"地吹着口哨游狗一样溜达。

电影就在这个时候来了。

电影一般是后晌来。村里人谁都没留意润财叔的手扶拖拉机是什么时候开出村的，发现后润财叔却已经开着手扶拖拉机拉着镇上放电影的人和那些放电影的家当出现在村道上了。

"电影！电影！"

"电影来了哦……"

不晓得哪个眼尖的娃娃先发现了，于是三娃唤二丫，虎子喊他妈，像麻油浇进热锅里，村里一时三刻就炸了营。

　　润财叔的手扶拖拉机一般只在春秋两季拉化肥时跑一回镇上，再就是村学校寒暑假接送老师时出动一两次，除此之外就是接送放电影的人了。

　　电影来了，电影可是真的来了。

　　那些年来村里放电影的是老闫，老闫专门下乡进村放电影，他不用种地，他挣着工资。老闫立在拖拉机斗子里，他左手撑住装发电机的大木箱子，戴了白线手套的右手挥动着向村道两旁围拢过来的人们招呼、致意——和电影里阅兵的首长一个架势。

　　老闫被几个村干部簇拥着去吃饭，去喝酒，那两只包着铁护角的大木箱子就卸在了麦场上或是村学校的操场边，还有一只扁平的薄铁盒子，印着"八一电影制片厂"或是"西安电影制片厂"的字，老闫总是随手提着，有点密不示人的味道。

　　村里人也真是窝囊，除了几个二愣子后生，没有人敢主动打问老闫当晚放什么电影，尽管老闫面善也随和，也并不会像镇上的其他干部一样逮住人随便发火。

　　有一次来放电影的时候，老闫居然被安排到我二伯家吃饭。

　　这可真好。我趑趑趄趄凑到老闫跟前，叫了一声伯，问老闫当晚的电影叫什么名儿。老闫抬眼看了我一下，说："银幕下的狗熊。"我得了消息，高兴坏了，噌地掉转身子跑出二伯家，把这个消息散布了出去。

　　当晚，电影开演时却是《神秘的大佛》，也并没有什么狗熊出现，村人们的取笑弄得我满脸通红，我恍然明白是老闫逗我。老闫戏耍了我,害我丢了丑,可我却并不怨恨他。

唰——一束黄光打在银幕上,激昂的音乐从银幕两边挂着的喇叭中传出来,银幕下攒动的人头就安静下来,没有人再说话。

片头总是金光四射的红五星,或是仰角旋转的工农兵塑像,紧接着"英雄儿女"呀"南征北战"呀或是"闪闪的红星"等凌厉的书法体字样就推了出来。那些年来村里放映的电影多数是战斗片,电影里的内容和村里日常的生活毫不牵连。这,恐怕就是"高于生活"。

发电机嘟呜嘟呜地响着,混合着电影里激昂的旋律和人物响亮的说话声,银幕上的人、物、景以一种看似虚幻而又分明真实的方式活动着,变幻着。每次电影开始不久,人们就能根据经验很快分辨出"敌人""咱的人",继而进一步确定评判标准和立场,以保障看电影的情绪随着剧情的推进而推进。

有时候不由得回头看老闫——在那个长木杆上挑着的亮晃晃的电灯泡下,老闫嘴角噙着烟把子,两只手互插在袖筒里,眼光留意着他面前的两盘影片错落地在放映机架上兀自转动,一束由小渐大的光束从他身前坚定地投射过来,恍惚间像是老闫变出的一个戏法。

那些年的冬天是真正的冬天,露天看电影的夜里更是冷得不得了,但是再冷也挡不住看电影的人。村人看电影的时候都穿得很厚,娃娃们棉袄棉裤之外再加上大人的外套,宽袍大袖的,行动起来狗熊一般笨拙,有些娃娃没有合适的外套,干脆就裹着被子来了。

虎子常跟着他爷爷来看电影,虎子爷爷缠着一根腰带,给虎子也缠了一根。虎子爷爷说，三夹不如一棉，三棉不如一缠。

虎子长了一对圆溜溜的眼睛，很有神，他爬树很利索。电影《闪闪的红星》里的潘冬子也长了一对圆溜溜的眼睛，也很有神，潘冬子爬树也很利索，于是，村里放过这个电影之后我们就不把虎子叫虎子了，改叫他潘冬子。我们喊"潘冬子"，虎子就把腰一挺，回应："我是红军战士潘冬子。"大家就笑。显然，虎子很愿意大家这么叫他，好像他真有人家潘冬子那么厉害。

老闫有时候带着他儿子一起到村里来放电影。他儿子精精明明的，和老闫不太像，老闫话不多，他儿子话可多，还说得好，尤其是见了村里的婆姨女子更会胡撩乱。不知什么时候起，村里人都传说老闫的儿子跟"潘冬子"的二姐好上了，可是，谁都知道"潘冬子"的二姐已经定了亲，男方就是相邻的瓦庄人，说"潘冬子"的二姐越来越见不得瓦庄那个后生了，准备退亲。

老闫的儿子已经娶了亲，人家有老婆。

电影又来了，老闫的儿子也来了。电影演了半截，发电机像是被人掐住了脖子，嘟呜嘟呜的声响突然变小，最后扑哧一声停了，断电了。人群顿时骚乱起来，这时候有人吵吵，说："抓住了，抓住了吗？"是相邻的瓦庄来了人，抓住了"钻在一搭儿"的老闫的儿子和"潘冬子"的二姐。

电影没法放了，老闫顾不上收拾他的家当，拔腿去"潘冬子"家了。有些人撺着老闫去了，还有些人埋怨着不愿意离开。一群淘小子趁机开始鼓捣放电影的机子。

第二天，有人说"潘冬子"的二姐被家里人吊起来打，就像电影里的胡汉三把潘冬子吊起来拷打一样。不一样的是胡汉三使唤的是鞭子,"潘冬子"的二姐挨的是枣圪针条子。

瓦庄的后生和"潘冬子"的二姐退了亲。

电影再来的时候,老闫没来,他儿子来了。老闫的儿子照样爱说笑,照样爱和婆姨女子胡撩乱。村里人说,臭了包子臭不了蒜,臭了婆姨臭不了汉。

电影再来的时候,没见"潘冬子"缠着腰带来看电影,不光他不看了,他爷爷也不看了。

"潘冬子"一家人都不看了。

# 乡村无厘头

"东西路,南北走,出门碰见个人咬狗,拿起狗来打砖头,砖头它咬了我的手。"——头一次听到这个"颠倒倒"话是在夏日外婆家的大门洞里。

月影里,表兄弟、表姐妹几个呜哇喊叫、追逐打闹淘得不行,外婆就把我们喊拢在大门洞里,笑呵呵地教我们这个"颠倒倒"话。几个顽童反复学说,对这正话反说中的戏谑效果很是感兴趣。

正话反说,或者把一些毫无关联的事物现象进行莫名其妙的组合串联或人为歪曲,以达到搞笑或讽刺目的的方式,即是无厘头。儿时的乡村,有太多这样的无厘头活跃着人们的精神,滋润着人们的生活。

窑背上是谁?

刘大锤。

你咋不来?

下来怕你的狗咬哩。

你咋不用把把子(方言,木棍)打?

把把子挑得我烂皮袄。

你咋不穿上?

穿上虱咬哩。

你咋不让你老婆管?

老婆倒尿盆让狼叼了。

你咋不撵去?

撵迟了,

撵回来一条烂裤裤。

跑到河里洗裤裤,

蛤蟆尿到我的当肚肚。


儿时我们和大伯一家同院,大伯家的大哥和二哥时常你一句我一句地对答这个笑人的段子。我听得高兴,就鹦鹉学舌地跟着傻咧咧,却一时半会儿不得要领,哥哥们就乐为人师,一遍遍不厌其烦地揪住我传授。这时候我妈(村办学校的教师)就会放下手头正批改着的作业从窑里出来呵斥我们:"你兄弟几个不学点好,见天价磨牙耍嘴,都皮痒了是吧?"说着,顺手就抄起扫帚把子紧走几步过来佯装要打,哥几个麻溜掉转身子,嘻嘻哈哈各自逃掉。

村里有新平、爱平两兄弟,都成了家,实实在在务弄庄稼过日子。不知谁就给编派出"新平看着爱平婆姨亲"的暧昧故事,这下可不得了了,只要这兄弟俩或他俩的媳妇一露面,就有一群捣蛋鬼跟着喊:"洋远志根,枸杞子根,新平看着爱平婆姨亲!"——喊叫得此起彼伏,一浪一浪。这兄弟二人实在,只脸一红倒也受了,可是俩媳妇不愿意了,因为乡村里有大伯子和弟媳妇"授受不亲"的讲究,于是,某日被"新平看着亲"的爱平媳妇就气呼呼地找到了小学校向老师反映,捣蛋鬼们遂被老师挨个修理一番。可是,捣蛋鬼们的事情没有这么了结的。爱平媳妇"告状老婆子"的行径被顽童们所不齿,于是,再碰到她就有了更过火的内容……

几个后生围住一个乖顺的碎娃发问:"梦葫芦梦,梦葫芦梦,你姨夫的挑担(方言,连襟)你叫甚? 嗯,你叫甚?"碎娃挠头一想,脱口一声"爸爸",这下好了,后生们齐声应答:"哎!"然后嘶声大笑,顿足捶胸,感觉占尽了便宜。

四婶两口子都是洋相人。下地收秋,四婶拔出萝卜带出泥,萝卜在裤腰上蹭蹭,一边用手揉着萝卜根剥皮,一边叨叨:"萝卜,萝卜利皮皮,南河有你个妻姨姨。"然后咔嚓咔嚓大嚼起剥了皮的萝卜。四叔悄悄摸过来照她屁股拧一把说:"吃了萝卜肯放屁,馋口老婆你操心。"不承想,四婶屁股一撅,真努出一串屁来,跟着绕个链子嘴:"老大放了个屁,打得老二不出气,老三抬,老四埋,老五、老六走上台,老七、老八穿花鞋,老九瞅,老十哭得唉——打摆摆。"

老袁是公社来的蹲点干部,吊儿郎当,游手好闲,没什么作为,村人就顺口溜他:"老袁老袁,不向前,背着铺盖捻线线。""不向前"好理解,可是"背着铺盖捻线线"咋解释? 我至今弄不明白,老袁怕也是一头雾水吧?

天爷爷(爷:音 yá)

倒车车(车:音 chà)

牛推碾(方言,石磨)

驴卧下(下:音 hā)

媳妇子担水汉坐下

这是要讲什么？我常是在夏日晚上纳凉的院子里赖在奶奶怀里听她叨叨这个段子，于是望着浩瀚神秘的夜空和满天的星斗，就觉得前两句似在揭示宇宙运转的规律，至于后边的"牛推碾……"则是无厘头的说道吧。

山鸡山鸡咕咕呱

把我驮到婆婆家

婆婆外爷都不在

妗子把我接回家

妗子给我做饭哩

我帮妗子烧火哩

异想天开，貌似合情合理的一段顺口溜，突然一转，就无厘头了——

妗子揉面哩

我嫌妗子的手糙哩

我把妗子脑打烂

妗子把我的鞋掰(掰:音 bēi)烂

你看，好端端的居然就干上了，还"犯上作乱"打了"舅舅的老婆"，这可不得了，可是，大概是"意识"到了这一点，话一转复又"合情合理"了——

　　我给妗子揉脑哩
　　妗子给我补鞋哩

　　你说，这都是些什么呀？——这就是乡村里的无厘头，滑稽、风趣、诙谐，却似一个伸向胳肢窝的调皮的手，对着沉闷、乏味的生活挠上那么一挠。
　　多少年过去了，那些当年无厘头的胡说八道，每每想起来，依旧记忆犹新，依旧似是而非地牵动着某根敏感的神经，使得一丝快意夹杂着些许莫名的失落丝丝掠过被所谓的"阳春白雪"所蒙蔽的心头。

# 木石记

　　我的陕北乡下,一个村庄和村庄的周围,除了满眼黄土之外,剩下的就要数木和石了。

　　肆意疯长的野草、野花,崖畔上簇在一起的酸枣棵子,随处可见的高矮粗细的树木,嵌于窑洞口"天圆地方"的门窗,窑内陈设的描花箱柜,高桌子低板凳,灶火旮旯散乱或整齐的柴火,锅台下方呼呼作响的风箱,盛放五谷的粮囤,赶牲口的鞭杆子,拴驴的橛子,拌料的叉子,扬场的木锨,锄、镰、馒头、犁铧、连枷,土车子、纺车、织布机以及家庙和戏台上飞檐斗拱的部分构成和主要构成,红白事情上吹鼓手的唢呐杆子,敲锣打鼓的槌子,闲窑当中为老人备好的棺木,等等,无论乔、灌、草,抑或家具、农具和建筑的部分,这些统统归于木。

　　再就是各种形制的石头了。

　　磨盘和碾子此二物分称青龙和白虎镇守着农家院落。碌碡,门墩,大户人家门前蹲踞的石狮子,溜光的炕沿,黑乎乎的炕巷子,酸菜瓮里的压菜石,捣蒜的石杵、石钵,牛驴骡马猪牲畜们的食槽子,鸡窝口的盖板,遮阳挡雨的窑檐石以及铁錾子凿出纹路的窑面子石,老槐树下的石床、石凳,夯实地基的石杵子疙瘩,河湾里垫脚的鹅卵石和斗大的四方石块子,祖坟上刻写着先人名讳的碑子、供桌,等等。无论形制,无论用途,这些统统归于石。

乡人重实际,村庄里及村庄周围能入眼的都是有用的东西,没用的东西几乎不存在,或者说眼下看着没用的说不定往后就会有用。这些有用的东西中,木和石作为代表实打实地搅和进农家的生活。当然,还有一部分铁,但那只是一小部分,更何况跟木,跟石这原本天然存在的二者相比,铁总是以铁器(具)的形式出现,这就使得铁在存在上有了打制、加工的痕迹。当然,木和石离开打制、加工也会距离"有用"远一些,但这并不妨碍木和石相较于铁在农家生活中具有先天性优势。

碌碡、磨盘、碾子都是死沉死沉的石,人给碌碡、磨盘、碾子的两侧分别安上两截短木,然后借助畜力,或者干脆是一根磨棍,巧妙地一组合——四两即可拨千斤,这些死沉死沉的石就欢快地转动起来,农家日子就此而生动,就此而安稳、康宁。

早以前,乡下的女人要生了,环顾四下里也没有什么保温又杀菌的好物什,接生婆就从灶膛中掏出温热的草木灰铺垫在炕上,婴孩就直接降生在灰堆上,所以婴孩出生就叫作落草。顺口起名或许就叫了春杏、桃花、群枝或是栓娃、柱子、石头。

乡下有个古老的传说。说是老早老早以前遭了年馑,满世上的人都死完了,村子里只剩下两兄妹孤苦相依,人类面临灭顶之灾。这时候一个超自然的神秘声音传来,居然是让这最后的兄妹结为夫妻去承担起人类繁衍的重任。两兄妹十分尴尬,可细想,又没有什么更好的办法,只好顺从天意安排。两兄妹郑重地在院中的磨盘前跪下，焚香叩拜，然后哥哥卸开两扇磨盘，分别从硷畔上使其滚下，叫人称奇的是阴阳两扇磨盘竟然在硷畔底下严丝合缝地扣合在一起了。这是天意呀。

于是，这两兄妹，这人类历史上关键时候的一对男女就结为了夫妻，人类得以继续繁衍生息，醉人的信天游得以永世传唱，背洼洼上的山丹丹便一代一代艳艳不败。

一个气血旺盛的陕北村庄总少不了几棵枝叶葳蕤的古槐来护佑。一棵古槐就是一个村庄的精神所在，从一棵古槐下所凝聚的气场几乎可以窥探到一个村庄的全部秘密。树老成精。某些栉风沐雨显出龙钟老态的古槐往往承担了树下方圆几十里人们的庇护责任。村里的男女老少生疮害病，便怀揣香纸去树下求药。焚香磕头之后果然就得了"药末"，虔诚的人们拿回去煎水服用，果真就头痛医头，腹痛医腹。

元气淋漓的后生能背起一老捆柴火或是能独自推动磨盘，推动碾子了，当大（方言，爸）的就得察访着给问婆姨了。乡人说，老子欠儿一个婆姨，儿欠老子一口棺材。这是上苍造人时赋予父子间的天然义务和权利。

石虎伯是个石匠，一辈子和各种石头打交道。石虎伯大妈死得早，再没嫡亲。恓惶的石虎伯空有一身侍弄石头的力气，问婆姨却欠运气，一个人流浪不羁直到终老。活着的时候身边没有女人，死了倒有本族的侄子们操心起了石虎伯的阴婚，逢不着合适的女子骨殖，侄子们找木匠刻了个楸木人，描眉画眼后作为石虎婶和石虎伯一起葬了。

隔年清明，石虎伯的坟头上冒出了一棵楸树苗子。

# 日照花开

向日葵在我们老家叫日照花。

反复品味,日——照——花,这个土气却不失温暖的小名真是比它堂皇的大名要强许多呢!

早年的乡下日照花不成体系,鲜有大面积成片种植的。三棵、五棵、七八棵就那么直挺挺地立在地头,立在人家门前菜园的篱笆旁,自信而又倔强。

乡民们不会知道凡·高,更不懂得印象派,可是他们却在大地上书写着各种艺术流派,譬如,随意撒下的葵花子似乎不经意间就蹿起了秆子,就绽开了黄亮灿然的花盘,昂扬,自信,情绪饱满,傲然向日,在夏日的大地上派生出欣欣向荣的景象。

这是乡下最大的花,大得简直没有道理,最大的日照花花盘足有脸盆那么大。

日照花开了!就像是一个金黄的秘密唰地在你面前打开,就那么坦坦荡荡地打开,那么光明磊落地打开——金黄的羽箭围簇着圆硕黄亮的花盘,散发着夺人眼球的光芒。

向日,逐日,日照花开。

突然联想到那逐日的夸父,那汉民族的普罗米修斯,难道是他在逐日未竟的路途上转化托生成这傲然向日的物种,并将这追寻火热,追寻光明的理想年年岁岁地进行下去?

> 四月清和雨乍晴,南山当户转分明。
>
> 更无柳絮因风起,惟有葵花向日倾。

宋神宗熙宁三年(1070),竭力反对王安石变法的司马光被迫离开汴京。昔日净友成为政敌,处江湖之远却忧国思君的司马光在退隐洛阳的光景里写下了这首《客中初夏》。

主编过《资治通鉴》的大手笔司马光用简简单单的语言勾勒出明丽清新的色彩。"乍""转""起""倾",使这些景物鲜活生动起来,尤其是"更无柳絮因风起,惟有葵花向日倾"两句直接就攻占了读诗人的心。刚正不阿的司马光犹如葵花向日,任雨打风吹,初心不改。世事无常,宦海沉浮,坦荡荡君子自磊落。

立秋这天,我们在延安万花山后的佛道坪看葵花。这是集中连片的葵花产业园,于是有着"满山尽戴黄金甲"的人为的大场面。汽车在爬坡,大块的梯田扑面而来,就有大块的金黄扑面而来,满山满坡的日照花形成了铺天盖地的耀眼金黄。

这是一万个凡·高挥动一万支画笔泼洒出来的金黄明亮的大写意;这是一万个士兵举着一万支铜号奏响的金黄嘹亮的旋律;这是一万个金发碧眼的克丽泰手挽手组合成的阵容,痴情地等候一万个披挂黄金甲的阿波罗从天而降;这是一万颗日头滚落在这山洼间激起的一万个金黄热烈的赞叹；这是一万面金黄明丽的旗帜徐徐地降落，向着夏日的最后时光一万次地深情道别。

天地间只有一片金黄灿烂。你的眼里、你的心里有金黄的热泪在汩汩奔流。

置身这金黄的花海中，人成了蜜蜂般的小不点，闹嚷嚷地拍照，说话，指指戳戳，但只是嘤嘤嗡嗡的蜜蜂般的小不点。

向日，逐日，日照花开。

这绚丽的金黄背后隐藏着巨大的秘密。日照花应该是最能担负起"春华秋实"这个词语的物种吧。

那密匝匝的葵花子正蓄势待发，等待着与金秋的一场约定。

# 风物三则

天气澄和,风物闲美。

——(晋)陶潜《游斜川》

## 翠菜

顺沟道跑了几个村子就过了晌午。镇上的朋友便就近安排在老乡家吃饭。

看起来分明就是韭菜,试探进口里却不是那么回事,完全不是。主妇说是翠菜。

翠菜是什么?翠菜就是这东西,看起来和我三十多年来所经历过的韭菜是一模一样的,但事实上却不是韭菜这种东西。《山海经》中记录有一种草:"……有草焉,其状如韭而青华,其名曰祝馀,食之不饥。"这所谓的翠菜会不会就是传说中的"祝馀"呢?

看来,我浅薄的人生经验是靠不住的,这出乎人意料的叫翠菜的家伙就这么对我的主观武断构成了挑衅。我被这翠菜弄蒙了。

眼下,剁碎了的一碗翠菜被盐腌了,绿莹莹地摆在我的面前,同样被摆在面前的还有一碟辣椒拌青柿子,一沓铁锅里干烙的饼子,一盆红枣豇豆小米汤。早饭都没吃呢,顾不得斯文,顾不得这些无聊的琢磨,我夹一筷子韭菜,不对——是翠菜,弄两张饼子一夹大口咬起来。我口粗,时常跑乡下,什么都能咽得下去。

李渔在《闲情偶寄》中的"葱蒜韭"篇写道:"葱蒜韭三物,菜味之至重者也……韭则禁其终而不禁其始,芽之初发,非特不臭,且具清香,是其孩提之心之未变也。"

你看,这李渔他对待"味重"的韭菜的态度,是不吃老的而吃嫩的,因为照他的美食观点,鲜嫩的韭菜,不仅不臭还散发着清香,就像纯洁未变的孩童心一样。

那么,这略微发出一股清香的翠菜倒是与清人李渔笔下的嫩韭菜有一拼了。

## 苦瓜

妈在西滩洼住的时候,是独家小院,门口可以种点菜。我弄回去两个大号花盆,她也务了菜,不养花,养花干什么? 能吃还是能喝?

一个花盆种上了苦瓜,三根劲瘦的竹竿搭个架,苦瓜就借势攀缘而上,春夏之交开黄花,花敛后结出苦瓜。长者四五寸,短者二三寸,青色,长椭圆形,表皮疙里疙瘩的。难怪南方人把苦瓜叫作癞葡萄。百度上说,苦瓜还有"锦荔枝"的名号,"锦荔枝"听起来怪洋气的,好比把癞蛤蟆叫作金蟾,立刻就贵气了许多。

我以前是不吃苦瓜的,后来开始吃,因为肝火旺。《本草纲目》上说苦瓜有除邪热、解劳乏、清心明目的功效。生拌,清炒,苦瓜炒鸡蛋、炒腊肉,妈还把它切片晒干泡水喝。吃着吃着就吃惯了,爱吃了。世事染苍染黄,有了些轻轻浅浅的人世经历,脾性在变,口味也在悄然变化。苦辣酸甜咸,苦,也是五味之一。

清人石涛寄情于丹青,好画画,也好苦瓜,不光餐餐不离,还常将其清供于案上赏玩,且自号"苦瓜和尚"。这颇有些禅意的别号倒正好附和着他独来独往、不随流俗的孤傲之气。

吃苦瓜,就是冲着它苦苦的真味去的,苦瓜若不苦还有什么意思?

苦瓜不苦,它也就不是苦瓜了。

## 一只老碟子

那天无所事事,去了一个叫老井头的村子,在村里赵老汉的家里,我被一只老碟子抓住了。

当时,这只碟子被随意搁在赵老汉院中的石床上。粗瓷、浅口,不太规整的圆形,碟子边还磕出了指甲盖大小的一个豁儿——极其普通的一只"民窑"里烧制的日用品,甚至当不起一个"老"字,没有落款,不好断代,看样子最多也跑不到民国以前。之所以说老,是一眼便有别于今人的工艺,是"靠以前"的东西。

赵老汉记得,这碟子他"耍娃娃"的时候就有了。过年的时候,碟里放些花生红枣、核桃花馍之类,供在祖宗的牌位前。

老碟子有着暗白的岁月包浆,草草地上过一层白釉,一支随意的画笔漫不经心地沿碟边滚出两圈浅蓝的波浪纹,最后在碟子当中草书出一个很不合章法的福字。这个福字写得虽不合章法,却因了书者经年累月的流水线操作技艺,一笔到底,毫不拖泥带水,竟也带了几分自信满满的婉转流丽。再细细琢磨,又品出些熟而生巧的圆润美好。

可以想见，当年那操笔描画的先生，肯定算不得一个专业的书画匠，极可能只是众多烧窑匠中跳出来的一个粗通文墨的人。他当年"无他，唯手熟尔"的一挥而就，穿过了黄旧的烟火岁月，呈现在今人的面前。

老井头村方圆百里并没有瓷窑遗址，离得近的是耀州窑和府谷窑，再就是隔着黄河的山西平定窑了。早些年，这一带的家用瓷器源于两个途径：一是关中客吆着骡车运来的耀州瓷；二是山西商贩取黄河水道摆船运过来的平定瓷。

于是，窑炉中明灭的火光、油亮的光脊背、粗重的喘息、拉坯造型的顺当、点点画画的手腕、运瓷途中的辗辗转转一时间纷至沓来。

我不由得想，这只碟子在赵老汉家又经历过些什么呢？它收听过婴儿响亮的啼哭、妯娌间纷杂的拌嘴、男人和女人间起起伏伏的温存和摔盆掼碗的响动吧？它也曾盛放过丰年的圆满喜悦，收纳过荒年的隐忍苦楚吧？

岁月流转中，这些缄默不语的老器物让人不能不敬畏。

这只不晓得源于何处的老碟子，在赵老汉家枣花香四溢的小院里让我思考了好一会儿。

老碟子之于老赵家，早已是没用的粗贱家什了。我顺手把它带了回来，和几件同样"没用"的东西一起置于案头，在案牍劳形的间隙盯着它，我可以痴痴地发会儿呆。

# 乡村细节

## 涝池

常见有写成"老池"的——老大的池塘吗？也说得过去吧,但在缺水的陕北乡村,只有雨涝过后才能蓄住水,所以我觉得还是"涝池"说得通些,靠谱些,也生动些。

村子中央,有棵大槐树枝干遒劲,亭亭如盖,树下是蓄满了雨水的涝池。虽是一潭死水,却并不死寂,终日里活活地泛着生动。

看:几个女人你唤她,她喊你,嘻嘻哈哈地端了水盆,提了衣物朝涝池走来。近了,各自在池边占了地盘,于水中摸捞出一块青石板,撅起屁股,双手交替着洗涮起来;也有不着急的,一屁股沉了下来,磨磨蹭蹭,洗一洗,停一停,东拉一句、西扯一下地吱哇,等别人都洗完了,站起了身拾掇着准备离开时,才慌张地叫喊:"啊呀,我说你几个,手咋都恁快啊!"一着急,手一扬,却把块肥皂划拉进了涝池。

"呵呵呵……"

"哈哈哈……"

"忙婆姨嫁不了好汉,慢慢地嘛,你急什么哩?"

几个半大小子,着急慌忙地跑过来,三两把扯下衣服,扑通扑通下饺子似的跳进了涝池,欢欢腾腾开始了"狗刨"。一边,一个胆小的站在浅水处犹豫,"尿脑龟,来啊!"一不留神,水底潜过来个大小子把他拽入水中。

傍晚,蛙声四起。

汉子们或吆着牛或牵着驴,肩膀上扛了农具,嘴里哼唱着小曲或"嘘嘘"地吹着口哨进村了。他们三三两两聚在涝池边,坐在涝池沿上抽一根烟,蹲下来低头掬水抹一把脸;或是脱了鞋在树干上啪啪一拍鞋底,再翻过来倒掉里面的土。再说说今夏的墒情,聊聊彼此的见闻,探讨一番务弄庄稼的窍道。

远远地,孩子受了娘的指派"大哎——大哎——"地呼喊起来,这才有人扛起农具,拉上牲口,一清喉咙噗地吐一口浓痰,说一声:"先走也,尿婆姨,今黑夜不晓得做下什么饭了,吃去!"

## 场院

一切围绕着场院进行的活动都是欢快的。

早饭后,先前被码垛着的麦子被木杈不断挑起来,再一圈一圈摊铺开来,逐渐构成一个圆乎乎、虚扎扎的大"麦饼"。晌午的日头红刚刚地晒着,大伯驾驶着手扶拖拉机,机身后套挂一个碌碡,突突突地碾上了"麦饼",起先并不服帖的"麦饼",随着拖拉机一圈一圈地转动逐渐扁了下来。

躲在麦秸垛底下乘凉的我不时抓起水壶灌一口,再灌一口。

水壶里是奶奶煮的绿豆汤,加了糖,所以甜爽可口。突突转圈的拖拉机越来越快,越来越快,我站起来向大伯招手呐喊,示意他停下来——傻坐着没劲,我想有所作为。于是我上了大伯的拖拉机,头上扣了草帽圈,在火辣辣的日头底下转圈,耳朵里灌满了突突突的声响,内心里有一种无法言说的兴奋。

傍晚,终于等来了风。

堂兄光着膀子抄起木锨呼呼扬场,元气充沛的精壮小伙子,亮着黢黑发亮的腱子肉,风顺着他的意思把麦粒和尘土逐一分开。刚过门的堂嫂子娴熟地颠着簸箕,一边鼓起嘴轻轻吹去那些麦壳,裹头的红纱巾微微地随风飘动。

打好的麦子要在场院里暴晒几天,看麦子的任务由我和三哥负责。三哥在麦秸垛下铺好麻包和布袋躺上去,再脱下鞋当枕头,示意我也躺过去。我很乐意做这个假着干正事的名义却能玩新鲜的活计。只是也不得消停,一会儿撵鸡,一会儿又撵雀,隔一会儿还要光着脚由外及内一圈一圈竞走般地翻麦子,以便让麦子均匀受到日晒。

六月的天孩子的脸。天边,突然有几声闷雷滚过,大人们已经先知先觉地拿着家伙什赶来了,我和三哥一跃而起,旋即投入麦子保卫战。

一个夏夜,场院里突然火光冲天,喊声四起,谁家的麦秸垛着火了,人们急吼吼地提桶端盆运水扑火,孩子们没心没肺地混迹其间凑热闹,第二天一摸头发,簌簌地掉灰。后来听说是一个讨饭的钻麦秸窝投宿,点烟,不小心失的火。

一伙顽童爱在场院里"藏猫猫",匪一点的孩子三两下上了麦秸垛掏个窝躲进去,害得我们咋都找不着。有一次我也借助人梯爬上了高高的垛顶,时间很长了,伙伴们四散而去,我被困住下不了地,索性睡了过去,醒来时,四野俱寂,我仰头望夜空,一架夜航的飞机一闪一闪地缓慢移动,我想起书上嫦娥奔月、吴刚折桂的故事,发着呆,直到母亲焦急的喊声远远传来。

## 热炕头

冬日的热炕头是诱人的饵。

"来,上炕坐着。"

不管进了谁家的窑,主人都会是这一声招呼,就像那热炕头般温暖。

仓窑里储好了粮食,院畔上垛满了柴火,临年腊月了,农人们终于可以歇一口气了。上炕盘腿,山南海北、前村后庄地聊起了家常。炕桌上或是一碗红枣,或是一盘花生,实在没什么了,捞一碟子腌酸菜,倒几碗白开水也能待客,没有人在乎这个,窑暖、炕热、人和才是关键。

炕头靠锅台的地方用土坯圈起了一小方"田亩",里头黄土混合了大粪,培育着红薯苗子。挨着炕墙,一溜排着生豆芽的瓦盆,酿米酒的瓷坛,一只花猫蜷在锅巷子里微微打鼾。赶着年出生的娃娃,被棉被围拢得严严实实,圆溜溜的小眼珠盯着窑顶上垂下来的老祖母亲手制作的"花公鸡"扑闪转动,前炕上麻利的女人把纺车摇得嗡嗡作响,暖烘烘的农家炕头生机勃勃。

遇上谁家新打的窑洞入住,是一定会请了说书的盲艺人来安神谢土的。这时候热炕头上围满了前来"暖窑"的人,来迟了的就

去钻灶火圪坮。盲艺人怀抱曲颈琵琶娴熟地一通扫弦铺垫,张口便道:

> 琵琶生来秋木材,
> 长在深山靠在崖。
> 砍柴的老伯砍回来,
> 鲁班师傅造成材。
> 说书的把它抱在怀,
> 铜心铁丹怀里揣。
> 一对龙眼分摆开,
> 九品四相面上排。
> 四根金簪头上戴,
> 四根皮弦敬神来——
> 哎——嗨……

盲艺人一脸庄重,渐入佳境;听书的老乡如痴如醉,敛声闭气,媳妇停下了纳鞋底,老汉忘了咂烟嘴。

一场乡村摇滚音乐盛典伴着新窑热炕的气息冉冉蒸腾。

油灯熄了。淡麻麻的月光自窗户纸上透进来,风从窑外的槐树叶子上一浪一浪卷起来,门环咣当咣当作响。水瓮旮旯里,老鼠窸窸窣窣伺机出动,娃娃家没瞌睡,睡在热炕头翻来覆去烙饼子似的,忽然记起灶膛里热灰煨着的红薯或是窑外窗台上搁着的灶糖。

哎,咋就忘了吃呢?

# 儿戏十三宗

## 慢慢慢慢倒倒

小顽童双臂伸展，原地旋转身体，口中念念有词："慢慢——慢慢——倒倒，慢慢——慢慢——倒倒……"一顽童起了头，马上会有几个顽童跟着转起来，比赛看谁先"坏"。倒地即"坏"，为输。

这游戏大点的孩子是不屑的，要是顽童"慢慢慢慢倒到"中转昏了头，稀里糊涂冲撞了大孩子，就难免被推一下、搡一把，或者被伸腿使个绊子放倒，哭骂声顿起。

儿时玩伴有叫碎小子的，三伏天在红彤彤的太阳底下玩"慢慢慢慢倒到"中暑晕倒，惊动了老师。碎小子被扶至办公室美美享用了一大缸子白糖水，醒转后继续"慢慢慢慢倒倒"。老师跟屁股过来一脚踹倒，碎小子挨了踹，一骨碌爬起来，低眉奄眼没敢言传。

## 扇宝

扇，抬手抡圆弧的动作；宝，是用纸折叠的有正反面区别的方形玩意。村童们顽劣，多数不"敬惜字纸"，前头课堂上翻着书后头就撕扯着折了宝。

扇宝是小子们的专利，女子娃鲜有玩这个的，她们踢鸡毛毽子，打沙包，抓羊踝骨头。

扇宝一般是两个人的游戏，亦可多人参与玩耍。若是两人玩，依据"石头，剪子，布"决定谁先下宝，谁来扇；若是多人参与则依据"手心、手背"几轮淘汰法来分出头家、二家、三家……

一个宝置于地上称下宝，对家（若是多人参与则头家、二家等依次）手抓自己的宝抡圆了胳膊向地上的宝扇过去，宝脱手而出，随着一个不规则的弧线扇过去，其力度与角度的随意结合若致使地上的宝翻转则为赢，那么输家的宝就归了赢家。

如此一个游戏，却在那时候给了小子们无边的欢愉。

小子们以此为乐，乐此不疲，且在"长期的革命斗争中"不断总结、反复实践，各自掌握了不少制胜的窍道。

狗娃就颇有几招。这厮娃把宝置于水瓮旮旯，使其受潮，受了潮的宝"抓地性"强，不易被对家扇翻。他又在扇宝时"无意中"解开上衣扣子，敞开襟子增强扇劲，甚至特意留了长指甲顺手钩宝。他爷说，狗娃这小子低头就是鬼，眨眼就是计。

因为太能要赖，我们都不愿意和狗娃一起扇宝。

一晃三十几年没见到狗娃了，年前回村里时听说这小子"进去了"。

咋进去了呀？

说他用尖庄酒"勾兑"茅台。

哎，这个赖宝小子。

# 打牛

牛儿还在山坡上吃草,放牛的却不知道哪儿去了。

放牛的小子哪儿有心思放牛,早打"牛"去了。碎小子就曾在放牛时于狭窄的山路上偷空打"牛",追"牛",失足跌下山崖,所幸被枣圪针挂住了,没受大伤。

"牛"即陀螺,俗称"毛猴",我们把这玩意叫"牛"。

挑粗细适中的树枝,柳树、泡桐木质软,易加工,但做出来的"牛"发飘;枣树、杜梨树木质硬,不易加工成型,做出来的"牛"却瓷实稳当。锯一截一拃长或半拃长的圆柱体,刮剥去皮,再用斧子削砍成圆锥,完后用镰刀细刮至圆滑光溜,就成"牛"了。尺许长的细木棍,一头绾上鞭子,使鞭梢紧紧缠住"牛"身,猛一抽鞭,"牛"即旋转起来,一鞭子打下去,再打下去,"牛"就飞旋起来。小子们便沉迷于这种挥手打"牛"的欢愉中。

我天生手拙,拙到一根绳头子掉在地上一把抓不起来,好在脑子还够使唤。我爸的办公桌上有墨水瓶子,我弄来一个,又捡了一只别人打裂了的"牛",锯下下半截,削削砍砍,一头塞进墨水瓶子里,圆锥尖上再嵌入一枚图钉——一只洋"牛"即告成,试着抽打了一番,滴溜溜转得蛮欢的。

寒假里一群小子赛"牛"。在尘土飞扬的场院中打了一上午,难分高下,不知是谁提议将赛场移到结了冰的涝池上,这新奇的想法马上得到响应,小子们纷纷来到滑溜溜的冰面上一展身手。二涛子"妈呀"一声怪叫——涝池当中的冰面突然破裂,这小子跟着他的"牛"就落水了。小子们惊叫连天、四散奔走,他爸闻声赶来用捞兜捞鱼一样捞出了冻得簌簌直打冷战的二涛子。

一群小子围着涝池沿，脸热，心慌，像挨了鞭子。

## 蹚桶箍

村里来了工作队，投资安装了三联泵，沟里的水上塬了。早先靠毛驴驮着上山下沟往返运水的木桶就闲置了。木桶上的铁箍子扒下来，就是一个理想的铁环。城里孩子滚铁环，我们便是蹚桶箍，游戏效果是一样的，甚至我们的玩法更添了几分野趣。

每天上下学的路上，几个小子都相约着蹚着桶箍搞"联赛"，三五七八人一字排开，一声"蹚"，铁钩子驱动桶箍突突突地开向前方，所过之处尘土飞扬、鸡飞狗跳，引得路人纷纷侧目。有一次还惊着了生产队长狗娃叔的骡子，那骡子一奔子窜向井沟，闪了前蹄，害得我们被老师罚站——日头红彤彤的晌午，几个小子每人脖子上套了个桶箍，手握铁钩子，站在操场上接受全校同学嘲讽的言语和目光。上课了老师也不叫我们进教室，"我们是共产主义接班人……"的歌唱从教室里传出来，我们都心情沉重，神情悲哀，感觉自己被大集体遗弃了，感觉美好的共产主义是没我们几个"惊骡子事件制造者"接班的份儿了。

桶箍宽扁沉稳，相较细瘦轻巧的铁环，其抓地性更强，蹚起来也就稳当，也更适宜"山地越野"。平地上蹚直线、拐"8"字、套"剪子关"都算是初级水平，是没面子可言的，一帮小子后来都发展到"高驾"的水平。钻沟溜洼，冲坡过梁——推、拽、提、挑、拐、钩、把，人与铁钩、桶箍合为一体，像高手行文，起承转合高妙、自然。

延武是小子们里头蹚桶箍最绝的，他能像抖空竹一样，在桶箍飞速滚动的时候,铁钩子一提一抛使桶箍飞起来,然后接住,手腕子一抖,桶箍又飞起来,再接住,耍把戏似的。

算起来,有三十多年了吧。

那天回乡,见延武竟坐在了轮椅上,说是骑三轮时跌进了水渠,左腿废了。

延武的二小子在一旁操控一个电动小车,遥控板一摁,小车突噜噜噜地跑远了。

## 顶拐拐

书面语称斗鸡,我们老家叫顶拐拐。

俩小子相距数米对立,单脚着地,另一条腿抬至腰间用手钩住,膝盖头亮出来形成战斗态势,"嗨——"声一起,各自单脚蹦着杀将过去,使膝盖头顶撞对方,被顶倒撞翻者算输。

胜者为王满脸得意,似乎占尽了便宜;败者为寇灰头土脸,好像自家锅底稠的叫人吃了。

亦可多人混战,分开人马两军对垒。此若开战则颇为壮观,初始还分得清敌我阵势,转眼即混为一团,乱成一窝蜂。有硬顶硬十几回合难分高下者,有心疢、胆怯而拐弯抹角滥竽充数者,亦不乏人仰马翻后"死而复生"卷土重来者。一时间杀声四起,尘烟腾腾,愣小子死顶硬撞,机灵鬼上压下撬,恋战的"宜将剩勇追穷寇",疲累的哈腰喘气抹汗珠。

这其中骁勇善战的要数大孩子野军,野军这家伙眼小、个高、果敢。他攻击得法,防守灵活,且弹跳有力,一蹦三尺高,膝盖头直向人胸窝顶去。

野军十九岁那年参了军,去了云南,次年就扛着枪上了老山前线。

越战结束了,野军阵亡了。

那天阴冷,镇上的武装专干陪着野军的战友捧着骨灰盒出现在村小学的操场上。乡亲们围上去,有战友带回野军的照片——眼小、个高,一身橄榄绿裹住他精瘦的身体,军帽上的五星鲜红夺目,野军的爸妈、野军的弟弟妹妹号啕大哭,跌倒爬起,一村老少为之动容。

## "老婆"打"老汉"

这是淘小子们爱耍的把戏。

此标题唬人,游戏里的"老婆""老汉"只不过是两个鞭炮而已。早年间,乡下的野小子缺少像样的玩具,却绝不缺少欢乐。刚过完年时,或是谁家红白喜事过后的墙角旮旯散落了几个小鞭炮,眼尖的小子们捡起来,舍不得点了听那一声响,于是变个玩法——"老婆"打"老汉"。

两个鞭炮拔掉捻子分别对折露出里面的火药却不致折断,再将其两两相对置于磨盘或石床上,"干仗"阵势形成。

"快看,'老婆'打'老汉'!"

"都快看,'老婆'打'老汉'!"

围观的小子们满是按捺不住的恶搞一把的兴奋。

一根火柴扑哧擦着,瞬间引发战火,"老婆""老汉"在火药猛烈的喷射下,相互"排斥",使勇斗狠,可惜只是三两个回合便都"弹尽援绝",蔫在一边了。

"老婆""老汉""干仗",毕竟属"人民内部矛盾",爆发起来容易,收得也快。

## 撂远远

撂,此处作丢、扔解,游戏中倒是有几分"射击"的意思在里头。

秋后的玉米秆子,挑一节长短适中的,一头掏出个凹槽,再捡一些小石头蛋子、碎土疙瘩填充进去,便是一支"步枪",就可以抡圆了胳膊撂远远,虽为单发却是散弹,颇具攻击力。

做弹弓,需要一号铁丝,需要"鸡肠子"松紧带,急忙不好凑齐,玉米秆子"步枪"材料遍地都是,于是小子们人手一支,呼朋引伴聚在一起"看谁撂得远"。

野军是我们的头,这小子不管玩弹弓还是撂远远均无敌手。他给"枪"头上绑上他二嫂的红纱巾,腰胯间系了他爷爷的烟袋"弹夹",掉了把子的一只葫芦瓢,上头用红颜料涂出颗五角星扣在头顶上,人模狗样那么一亮相,自有一番雄赳赳的范儿。

我们尊称野军为"军长",二涛子配合他"扎势",算是副官。一帮小子原地待命,野军装模作样检阅一番,唾口唾沫,咳嗽两声,部署一番战斗任务,一声"冲哇!前面崖崖往上爬——",骁勇的兵士纷纷挥舞着玉米秆子冲杀出去,爬上麦秸垛子或是场院旁的土圪垯"掩体",装弹、瞄准、发射,呜哇喊叫、杀声四起,我们完全沉浸在某些战争电影炮火连天、硝烟弥漫的氛围里。

某次作战前,我嫌"军长"的战斗号令太土、战斗部署一成不变,一时冲动"摔枪释兵权",野军悻悻地让出了"军座"职务,二涛子也归我调动。我得意了一上午,过足了号令全军、决胜千里的瘾。

当天黑夜，我正准备熄灯睡觉，噗的一声，一颗碎石头蛋子穿破我家窗纸，打熄油灯……

第二天一早，我出窑察看，院墙有攀爬过的印痕，墙脚还遗下一只烟袋"弹夹"，心里就明白了。事后琢磨弹道学、力学原理，那夜的突袭"枪具"应该是弹弓。

撂远远的"步枪"没那么精准。

## 天下太平

夏日槐荫下，冬日阳崖边，两小儿相对蹲踞，频频出拳，且大喊："天——下——太——平！天——下——太——平！"

奇怪！

乡野小儿，何有如此"大治天下"之抱负？上前看，不过是一个儿戏——二人面对面，各自用柴棍于地上画一田字格，而后边喊"天——下——太——平"边出拳以"石头，剪子，布"一论高下，谁赢，谁便使柴棍于田字格内一笔一画依次划拉"天下太平"四字，先写完四字者为赢家。

我的家乡在陕北黄河沿岸，属历史上汉族与匈奴、鲜卑等少数民族杀伐交融之壤，百姓对于"天下太平"的夙愿便潜移默化地演绎成了小儿游戏。

邻家强子，儿时常和我在门前老槐下演绎"天下太平"，兴致来时竟能连战一上午，以致废寝忘食，屡遭大人呵斥。某次强子游戏惨败，恼了，竟使柴棍戳我，险些伤了眼珠，毁我一世光明。

强子后来参军、转业、提干，如今干着我家乡综治办主任的小官,每日驾桑塔纳一辆,走村串户焦头烂额排查问题、化解矛盾,唯愿百姓安乐,天下太平。

一日酒场邂逅,谈及工作,强子摇头摆手做苦不堪言状,连嚷时下工作难搞。我戏言,遇人闹事何不拿棍去戳?强子双眼一瞪,手上酒杯嗵地放下,一扑过来拧我。

## 打马城

"打马城,马城开,叫你的人马发兵来!"

"叫谁来?"

"叫某某来。"

一群玩家分两拨对阵,玩家相互手挽手形成阵容。一方叫阵,群起而呼之,对阵的另一方被点到名的脱离组织,单枪匹马杀将过来,谓之"攻城",只要能跑过来冲开人墙,即为攻城成功,就可以大模大样从敌方挑一名理想的俘虏带走;如若攻城失败,就留下来"充军",立马倒戈易帜进行"反攻",战场局势就瞬间发生逆转,正所谓"没有永远的朋友,只有共同的利益"。

一个小儿把戏,玩到后来也玩出了名堂。比如在战术上运用"田忌赛马"的策略,因为敌方的人墙组合根据玩家体力的强弱和对以往战事中攻防表现的分析亦能"马"分三等。当然也不乏事先"买通"对方阵营中的关键人物这样的勾当,这就类似当下的"假球事件",为了达到赢的目的,无视道义、规则。

不过,当年我们打马城时对玩伴的贿赂只是一把酸枣或几根干盐菜。那时候,二涛子"挤眉弄眼"最爱弄这种事,这家伙后来工作了,分在纪委廉责办,专事"风清气正"的工作。

## 挤暖暖

那些年的冬天真冷。

阴冷的教室里不烧炉子,娃娃们大都是光身子裹着棉衣裤,手上、脸上很容易就皲裂了。下课的哨子一响,"冻猴"们呼啦啦都窜出了教室,争抢着往向阳的墙根处奔。

"挤暖暖喽——"

"挤暖暖喽——"

小子们雀儿子一样挤在一起集体跺着脚,左右晃动上身,你挤我一下,我扛你一把,一边尽力活动冻得麻木的四肢,一边扯着嗓子肆意喊叫——

日头日头晒我唻

我给你担水饮马唻

驴不喝

马不喝

过来个老汉抢着喝

…………

花圪狸花圪狸上枣树

你大不给你娶老婆

叫来木匠做老婆

叫来画匠画眼窝

白日里看见是好老婆

黑夜里搂上不暖和

嘿——

一脚踢得乱溅火

　　女子娃们克制，她们不乱挤乱喊——两人一组和着拍子跳暖暖，即脚对脚跳着碰一下，喊一句——

刘胡兰

十五岁

参加了革命游击队

她为人民牺牲了

毛主席夸她做得对

对——对——对

…………

小羊在家等妈妈

姐姐说

别害怕

狼鬼子来了我给你打

咚咚

嚓

　　在淋漓畅快的喧闹中，不一会儿，身体里的热量就汩汩泛起，每个人的脸上都红扑扑的，身上都热烘烘的，冬日的寒冷便被这蓬勃的能量一点一点驱散了。

## 脱裤放屁

这不是"多此一举",这是野小子们当年在那广阔天地里闲得无聊时干出来的事情。是哪个小子发明的"专利"已说不清了,毕竟那时候大家都还没有保护"知识产权"的意识。

感觉肚子里浊气下行,绝不会憋着不放,不光要痛痛快快放出来,还要放得别出心裁,放得颇具创意才行。有屁要放之际——赶快用手拢起一小堆浮土,旋即褪下裤子对准土堆,伴随着或沉闷或响亮的声响,其强劲的气流要么削平土堆,要么在土堆上冲出一个妙不可言的窝来——结果的不同取决于对屁的适时拿捏,考验的是顽劣小子们对屁"度"的精准把握。

那时候为了逞能,我们生吃黑豆,喝凉水,还刻意顶着风吸气,就为酝酿一肚子中气十足的屁。

玩伴老慢以连环放屁为能事,这小子的最高纪录是——掌控自如地连续削平七个土堆,在从容提上裤子之后又弄出一串撕云裂帛的动静,其非凡的举动秒杀一众"蔫蔫屁",让我们五体投地,不服都不行。

老慢现在供职宣传部门,是本地小有名气的笔杆子。那些虚虚实实的工作在老慢的总结提炼下五彩纷呈,真是让人不服都不行。

## 扇风匣

这是对某些游戏中"败将"们的惩罚手段。

顶拐拐、蹚桶箍、打牛……不管玩什么游戏输了,都要接受惩罚,这就免不了被扇风匣——四个蛮一些的小子提起四脚朝天的"败将","嗨哟、嗨哟——"喊着号子前后大幅度摇晃,摇晃的时间长度视其"认尿"的态度而定,若是"不识耍"、不配合,甚至有抵触的情绪和反抗的苗头则马上"罪加一等"——扇臭风匣,这时候会有自告奋勇者弯腰撅臀做好准备,使"不识耍"的家伙头部一下一下撞在人家高高撅起的屁股上。

愿赌服输。

儿戏圈中向来奖惩分明,说一不二。

## 上回书说到

村里没通电,电影一年到头也来不了几回。娃娃们早听够了祖辈们"胡人""马武"的老故事,佘家瞎子也只有在冬闲的时候才来说几场书,仅有的几本连环画传来传去就没影了,大伙精神食粮奇缺。

我爸在村学校教书,办公窑里藏了《少西唐演义》《罗通扫北》《范仲淹延州御敌》《杨家将》等十几册卷了边的章回小说,沾我爸的光我时常翻翻。

我每晚睡前熟悉上一两章,第二天在课间或散学后开场子"说书"。书场有时候设在场院里,有时候设在碾道里,这得视天气情况而定。《杨家将》开说遇上连阴雨,我们就转战到强子家的草窑里。

两巴掌啪地一拍——"上回书说到'杨七郎力劈潘豹',今儿,本人再说'天波府令公训子'。"那时候,我偶尔在喇叭里听过那么一两次单田芳的评书,就故意哑着嗓子模仿:"话说老令公巡街,听

儿戏十三宗

说有个黑小子把潘豹劈了，连忙回府见太君……"说到佘太君，便尖着嗓子学老太太，可惜当时识不得"佘"字，就说成余太君，好在一众听友都不懂，都憨乎乎听得满足。那一阵，小子们每天都盼着"上回书说到……"，就怕听到"欲知后事如何，且听下回分解"。

《杨家将》被我"断章取义"地说到"金沙滩三英捐躯"的时候，出事了。狗娃这家伙入戏太深，下了书场，回家就用他爸窝（火烤使荆条弯曲）好的筐系子和他妈纳鞋底的针赶制了"画眉弓""狼牙箭"，假想自个得了大郎杨延平的身手，弯弓放箭，不料，没有射中"梁王"，箭头却直奔他三姐的屁股蛋子扎了进去……

事出狗娃，他家人不觉得负有监管不到位的责任，却跑到学校找我爸，把祸根赖在我身上。

后来，一看到或听到"意识形态的引导……"，不由得就想起狗娃，想起强子家草窑里的"上回书说到……"。

# 黄河流过凉水岸

凉水岸很静,静到手机都没有信号。

这是延长县城距离黄河最近的一个村落,十几户人家随意散落在河西岸的土坡上。

在陆路运输大行其道之前,黄河水运曾一度热闹,后来,随着黄河水运的衰落,凉水岸也和其他古渡口边的村庄一样日渐凋敝,可那往日濒河而居的优越感还依稀可见。

家家户户大都是土窑、土院、土围墙,龙门却都高高盖起。门当户对,雕梁画栋,五脊六兽毫不含糊,于端庄、肃穆中隐隐透出黄河人家深厚的底蕴。

厚重的木门并不紧闭,看到有人,院中就走出挂杖的老者,一脸祥和,笑盈盈地问候:"几时落(方言,停留下来)来的? 回窑里喝些水?"

村周围的高坡上,有森森的柏树簇在一起,形成黑黝黝的几处柏林,那是凉水岸已故先人们的坟茔所在。

村中央有方正高大的老戏台,几经风雨剥蚀,颇显老态。死寂的戏台上靠后隔一堵土墙,分出台前幕后,可以想象当年台上曾有过的提袍甩袖的生动。几只麻雀忽地飞来落在戏台顶的瓦楞上,小脑袋左探右探,稍作停留又忽地飞走。

古庙旁,一棵古槐根部裸露出地面,枝干粗疏,碎叶繁茂,有风吹过时,叶子沙沙作响。古槐下,坐着几个村民,带着古往今来的散淡和从容,手中捏着的播放器里秦腔婉转,便愈发衬出村庄的安静。

黄河,从凉水岸人家的碥畔底下静静流过。

上游是久负盛名的乾坤湾,下游是有声有势的壶口瀑布,处于中游的这段黄河便平缓、沉郁,静水深流,波澜不惊。是成就了乾坤大湾后的平静暂憩,还是在为下游壶口即将上演的华彩乐章做着铺垫?造物主的安排太过奥妙,我们愚笨的头脑难以琢磨。

凉水岸亦称两水岸,因为延河在这里汇入了黄河。两条文化的大河,两条精神的大河,两条人类文明史和中国近代革命史上声名显赫的大河选择在这里交汇,这是上苍对这个小小村落的恩赐和眷顾。

天地有大美而不言。

身处延河与黄河交汇地的河滩上,身处豁然的秦晋大峡谷,一种不可名状的敬畏感油然而生。一河滩的碎石大如斗,不,岂止是大如斗,好多硕大无朋的巨石像房窑般大得没道理,让人无法猜度它的由来。这是来自远古洪荒时代的未解之谜。

隔着黄河,凉水岸的对面是山西省的平渡关。

乡人传说,平渡关原称温水泉。那一年,揭竿而起的米脂人李自成被官兵追杀至凉水岸的黄河畔。时值初冬,黄河水尚未结冰。

前有天堑,后有追兵,一筹莫展的李闯王不禁仰天长叹。不料,方才还波涛汹涌的黄河水就在闯王的啸天长叹中咔嚓咔嚓瞬间冰封。待闯王率兵平安渡河后,黄河复又解冻,从此温水泉便改称了平渡关。不难看出,这是黄河畔历代的百姓对起义军"民心所向"的美好演绎。虽然那个跨过黄河、杀到北京且夺了江山的"大顺帝"其昙花一现的所谓胜利并不尽如人意。

古老的黄河裹挟着历史的洪流进入新时代。

凉水岸作为黄河边的重要渡口,曾有过樯帆林立、商贾云集的景象,也曾有过枪林弹雨、硝烟弥漫的悲壮。侵华日军的铁蹄踏入中国时,国共放下芥蒂第二次合作,"兄弟阋于墙,外御其侮"形成抗日统一战线,双方依靠母亲河的水上运输互有交集,陕北的食盐、石油运往山西,山西的布匹、面粉和小米运回陕北,形成了陕北与山西的互贸关系,从而大大缓解了陕北红军物资供给短缺的紧张状况。

抗战时期,对岸的日军隔河炮击,使凉水岸百姓备受其害。河岸的半山腰上至今尚存战时开挖的工事,几个相互串联的山洞,人可弯腰通过,间隔数米开一个帽子大的小方口,可供瞭望与架枪扫射。工事居高临下,易守难攻,身处其中让人顿生"一夫当关,万夫莫开"的豪迈。

翻开发黄的史料,当年的战绩历历在目:1937 年 12 月 31 日晚,三百多日寇欲在凉水岸强渡黄河。八路军警备第五团第二营在高启甫的带领下,发起猛烈射击,毙敌二百多人,并乘胜追击,缴获大量武器。

凭着黄河天堑的阻隔,凭着"军民团结如一人"的铜墙铁壁,大河上下、秦晋两岸,抗日军民同仇敌忾,众志成城,谱写了一曲河防保卫的壮丽凯歌。凉水岸防线所参与的河防保卫战有力的攻防为抗日战争赢得了一个安定的西北大后方。

让人扼腕叹息的是,鬼子赶跑了,阎锡山的部队却开始隔河放冷枪,枪伤人畜的事情时有发生。舌头解决不了的问题,只好动用牙齿。同胞反目,兵戎相见,母亲河上又几度上演枪林弹雨,遍布血雨腥风。

守着母亲河,凉水岸的百姓经见了太多的风云变幻,经见了太多的世事无常。

俱往矣。

站在村头四望,凉水岸周边的坡洼上遍植着郁郁葱葱的花椒树。花椒树喜光、耐旱,是黄河畔的适生树种。虽然没有石油可卖,没有土地被征,但靠着花椒产业的规模化发展,靠着汗珠子滚太阳的苦累,凉水岸百姓的腰包也一天天鼓了起来。

20世纪末村中通了电,21世纪初柏油路通到了凉水岸。开始有城里人呼朋引伴地来看黄河、拣奇石、坐木船、住窑洞;有大胡子、长头发的艺术家在黄河滩支起帐篷,十天半月地住下来摄影、画画;有古玩贩子惦记着村里的石头狮子和雕花门窗,三一回五一回地讨价还价。这一切撩拨得凉水岸人反复琢磨着"靠山吃山靠水吃水"的老话,心思就活泛起来。

于是,满山遍洼的花椒收了以后不再随便给人贱卖,而是设计了精美的礼盒包装出售;土窑、土院也整修一番,拾掇干净随时准备迎宾待客;家里有传下来的砚台、铜锁也不再因为"不好意思"就送了人,口里说是老先人留下来的念想不能卖,心里却盘算着收藏好说不定哪天就升值了呢。

新当选的村主任王继明是凉水岸公认的能人。他一手笔走龙蛇的"空心连笔字"曾上过央视,挑战过吉尼斯世界纪录,是"全国乡村青年文化名人"。这个鲁艺毕业的能人能写会画,能言善辩,简直就是天才的演说家。他撂下自个儿优越的城市生活,撂下娇妻幼儿,撵领导、跑项目、找投资,倡议着保护古村落,开发黄河旅游,打造影视基地。

王继明去找领导商讨旅游开发的事情,领导质疑凉水岸离城太远,交通不便是否合适发展旅游。王继明急了,噌地站起身振振有词:"领导你说,海南远不远,西藏远不远?人都一窝蜂地往那跑呢。路远不是问题,关键是咱凉水岸有看头啊!"这话一出口,领导乐了。不几日,文化口、旅游口、党史办的专家调研组就进驻了凉水岸,一番调研论证得出结论:此地蕴藉黄土民俗文化、黄河风情文化、红色革命文化,旅游开发大有文章可作!

县文艺创作基地在凉水岸挂牌成立,"黄河儿女过大年"民俗文化活动在凉水岸成功举办,《想起我的男人背地里哭》微电影在凉水岸开机拍摄,星光大道的演出阵容要来凉水岸搞"接地气"演出。

就在我啪啪敲打键盘的当儿,王继明闯了进来。这西装板板整整,神采飞扬的凉水岸村主任刚从省上跑项目回来。

"嗨!告诉你一个好消息,我准备在凉水岸黄河滩搞实景演出!"

"好啊!咋搞啊?"

"弄几十匹战马在河滩里跑啊!弄十几条木船在黄河上摆啊!

两岸山上修几座炮楼,男女老少全动员,游客、村民齐参战打鬼子啊! 你说,这事情能弄成不?"

"能弄成,肯定能弄成!"

"为什么?"

"一是因为你有这本事,二是凉水岸具备这条件,三一个你这是为母亲河尽孝啊!"

"呀,这话我爱听!"

啪! 王主任一巴掌拍在了我的桌子上。

# 辑二

罗子山人的脾气是水瓮里拔擀杖——直来直去。吃亏占便宜都要说到明处。他们和你好就掏心掏肺，拉着你就要歃血为盟、焚香结拜。他们若是见不得你就绝对把关系拉倒，老死不相往来，而且还要给后人交代："不要和那号尿人结交。"罗子山的男人大多是"厚皮肠"，女人大多数"赖漠漠"的，于是这些男人和女人生养下的娃就"耐戳打"，就一般不会妥协于命运。小到琐碎生活中的鸡毛蒜皮，大到不可避免的天灾人祸，这在罗子山人的心里都是"淡事"。所以粗拉拉的罗子山人假以天时地利还就真能成事。

——《罗子山人》

# 罗子山人

光秃秃的一座山，紧挨着黄河。

山不高，也说不上美，是一个黄土乱石混杂堆积起来的"圪垯"。旧称狼神山，无法考证其由来，老百姓叫来叫去叫成了罗子山，知其然而不知其所以然。

这个并不重要，重要的是这座山在罗子山人心里沉甸甸的分量，还有祖祖辈辈繁衍生息在这山下的人，以及他们鲜明的个性和独有的烂漫文化。如果没有在罗子山生活个十年八年，你就体会不到这方地域的深厚底蕴，你也就算不上真正的罗子山人，或者干脆说，如果这块土地下没有埋葬着你的先人，那么你也就不能算是地道的罗子山人。因为你没有根基，没有根基你就无法在这方地域生活和发展；因为你不理解它，它也就很难容纳你。

山不高，风头子却硬。

当地人戏言，罗子山一年只刮两次风，但刮一次风就得半年。不只是冬风烈，春风也烈，二三月的天，老黄风呼啸着从晋陕大峡谷卷起来，飞沙裹尘地围着山峁子肆虐。直刮得天昏地暗、日月无光,直刮得人心里发毛、脊背冒汗。蹲在山根底下从容吃烟的老汉淡淡地撂一句:"没事,春起来的摆条子风嘛,叫好好刮。"果然,一阵狂暴的风刮过去后,柳树条子就悄悄泛绿了。

水也硬。

黄河湾里的人一张嘴满口黑乎乎的牙,都是因为吃那含氟量过高的水造成的。

这硬风硬水磨砺出了硬铮铮的罗子山性格。

罗子山人不信神,不拜佛,只敬一个"曹娘娘",且在黄河对岸陡峭的石崖上修了庙,塑了"曹娘娘"的金身,焚香叩头,端端地供奉着。

"曹娘娘"是一个幼年失去父母,跟着兄嫂过日子的女子。刁钻、暴戾的嫂子对她百般虐待、万般为难,小女子不甘受辱,誓与命运抗争。后来追求自由的婚姻和幸福生活又受阻,一气之下纵身投入母亲河而幻化成仙,遂成了罗子山方圆几十里的人们顶礼膜拜的黄河仙子——曹娘娘。不信神、不拜佛的罗子山人所敬的就是这样一个不认命的"狰性子",这样一个草根娘娘。这个信仰集中体现了罗子山人的价值取向和精神追求。

以前,好多罗子山男人的乳名都冠以一个"曹"字:曹三、曹八、曹娃、曹喜地叫着,这都是在曹娘娘庙上求得娘娘护佑的宠儿。

"罗子山,峁峁尖,不剜个钵钵坐不端"——这句童谣戏谑地刻画出了罗子山的硬风水。曾有一个组织提名的镇长踌躇满志来罗子山赴任,因为酒桌上的出言不逊和傲慢无礼被几个乡人大代表"越看越不顺眼",最终在投票选举的关口被撂倒,不得不灰溜溜地卷起铺盖离开了罗子山。

所有的罗子山人都对这围绕着干山峁,紧挨了黄河湾的家乡有着贴心贴肺的爱恋。这儿产麦、黍、糜、麻,产桑和棉花,产莽汉拳头般大的罐梨,产麻溜溜的花椒和能把人辣死的"火焰山"(罗子山一村名)辣子。只要在这方土地上撒下种子,土地就回馈养活人的基本需求。老天对罗子山这方土地是宠爱的。

这里的人把骂人叫作"恶口",把讨厌说成"见不得",不好的事物和现象在他们的嘴里是"歪斜斜"的。称不明事理、不辨是非的人是"麻糜不分",他们褒奖一个人无非是"这厮人能闹成事",他们骂人最狠的话是"羞先人哩"。

和罗子山人打交道,你不能计较他们说的话,罗子山人说话"噌"(方言,倔),爱顶撞人,你听着不舒服,却又不好反驳。

你到罗子山人开的饭馆吃饭,说盐淡了,老板说:"盐钵钵搁到那儿,个家调么。"你到罗子山人开的商店里去买东西,说东西质量差、价钱贵,老板肯定说:"不要胡弹嫌(方言,挑剔、嫌弃),有便宜的你买去!"你要坐车去罗子山,如果抱怨太拥挤,司机会回敬你:"可世上跑的小轿车不拉你!"即便是求人办事也不太会说好话,比方说要跟你借钱,他不说借,只是说有个事用钱,你给咱凑一下他使唤几天。你要借了,他不言谢,认为谁都有个用人的地方;你要是不借,他会说你有几个厕钱还当成宝了;你若回话钱就是个宝嘛,他会狠狠地顶一句——那你花钱买上一苗针扎到你那眼窝里,看是不是个宝!

说是有个后生在外边当了两年兵回到罗子山,借买烟的空儿,操着普通话问老板到某村的路怎么走,没料到老板认出了后生,一把抢过烟,撒过钱,买卖也不做了,还恶言相加:"夹着书上坟呢——给你先人撂文哩,你明明就是那村的人,出了两年门,是谁家的儿都不晓得了!"后生当时脸憋得通红,很是被周围人嘲笑了一番,据说后来寻媳妇都受了影响。

罗子山人的脾气是水瓮里拔擀杖——直来直去。吃亏占便宜都要说到明处。他们和你好就掏心掏肺,拉着你就要歃血为盟、焚香结拜。他们若是见不得你就绝对把关系拉倒,老死不相往来,而且还要给后人交代:"不要和那号戾人结交。"罗子山的男人大多是"厚皮肠",女人大多数"赖漠漠"的,于是这些男人和女人生养下的娃就"耐戳打",就一般不会妥协于命运。小到琐碎生活中的鸡毛蒜皮,大到不可避免的天灾人祸,这在罗子山人的心里都是"淡事"。所以粗拉拉的罗子山人假以天时地利还就真能成事。

是穷乡僻壤,也是风水宝地。

行走在罗子山,行走在这些有着古旧石牌坊、秋千架和业已破败的家庙、戏台的村庄,当地的陪同者会如数家珍地给你指点:这个是某某人的村子,那个是谁谁的宅院,这些个"某某"和"谁谁"都是英英武武、头角峥嵘的人物。

地以人名,人以地显。

益枝这个村子出过省委书记,其在位时殚精竭虑、造福桑梓、政绩卓著,逝世后,身上覆盖了党旗,时任国家领导人悉数到场哀悼,中央台播了新闻,《人民日报》发了消息,说"该同志是忠诚的共产主义战士,坚定的马克思主义者"云云,骨灰葬于八宝山,很是风光。呼延那个村子出过大画家,妙笔丹青,名动三秦,一幅画能抵十头牛;桥沟出了为"山药蛋"派代表作家赵树理作过序的某省宣传部部长;古渡甸出过全国优秀文化站站长。南庄村有个老妪擅长剪纸，一把大剪刀，剪鬏髻娃娃，剪扫天媳妇，只是个手艺传承，是个喜好。忽一日，被媒体发现，引来了国家美协的专家前来研究，奇妙的构思、原始的神韵引得专家连声赞叹，称其剪纸作品的抽象表达堪比毕加索，实属守望黄河的一代大师！老妪嘴一撇笑了："呵呵，什么大师，我从小都没念过个书，这种'纸娃娃'我孙女也能铰出来。"西渠村有个老教师，早些年勤工俭学、钻研教改，燃烛照桃李，育才报家乡，20 世纪 80 年代就在村校实行了"两免一补"，中南海对话领导人，大会堂参加人代会，举国闻名，竖起西部教育一面旗。记者蜂拥来采访，让谈想法，他就一句话——明天怎么教？

延安市十三个县区，罗子山籍的书记、县长曾一度占了半数，至于科、部、局的头头脑脑就更是层出不穷，这些地方官大都能谋会断、敢做善成，为革命老区的经济和社会发展贡献着罗子山人的智慧。

延长县的文化领域如果非要找些一一对应的代表人物的话，不用问，基本上也都是罗子山人。

县城的地标建筑也是罗子山籍的老板盖起来的。有人不服气："凭什么半条街都让罗子山人开发完了？"凭什么？凭的是胆识和智慧，凭的是展展堂堂做人。延长地面对外能拿得出手的，也就是大陆第一口油井，可是在谁都没有意识到它的意义的时候，这"陆一井"的商标持有权就被一个罗子山人早早注册了。

罗子山虽为僻壤，却尚文化重礼仪，行为有规矩，办事讲路数。信奉的是"耕读传家久，诗书继世长"。娃娃从小都会被供养念书，老人殁了都要请专司葬礼的礼生行周礼祭拜。

罗子山人

罗子山人实诚,这源于传统,不是愚昧;人胆大,这属遗风,不是鲁莽;人灵活,因为基因,不是圆滑。

时代在发展,罗子山也在悄然发生变化。

光秃秃的山上这几年栽种了侧松、油柏,山峁峁上明晃晃地竖起了移动信号塔,一个电话能通到北京,也能通到美国。黄河上羊皮筏子和破木船早已不见了踪影,再也难听到老艄公的摆船号子,取而代之的是凌河高架直通山西的黄河大桥和钢铁焊就的淘沙船轰隆隆的吼叫声。延马路上一年四季穿梭着大吨位的拉沙车。好多地块退耕还林,好多村子见不着青壮年,茂腾腾的后生和飒爽爽的女子都离开土地,离开窑洞,离开村庄,带着硬铮铮的罗子山性格出去折腾,出去闯荡。他们给花椒、辣子和罐梨注册了商标;他们带头搞起了"罗子山辣子文化节";他们把粗硬油腻的罗子山"喜事饸饹"卖到县上、卖到市里;他们在省城开酒店、搞建材,还组织起了"罗子山商会";他们赚了钱,买了大排量的汽车衣锦还乡,给村里的老人发救济金,为镇上办学筹善款……

有走正路的也难免有路走偏的,生意陷进去了,赌博输烂包了,债台高筑一塌糊涂,却依旧好汉一条:变卖了大排量的汽车,转让出名下的房产,不跑路也不躲债,在市场上租赁个摊位,买卖小菜,也能养活妻儿填饱肚子。你要因此而取笑他,他也不恼,跟你要烟抽,还笑着自嘲:"哈呀,三十年河东三十年河西,你老哥要可怜我就照顾我的生意,你要是来笑话我的,就趁早滚开,不要耽误老子卖菜!"

行走在今天的罗子山,无论是镇街上还是村庄里再也难见老旧的、熟悉的痕迹。街道被硬化处理,通村的道路被铺上了柏油,供销社、粮站等几个昔日热闹的所在被夷为平地,等待开发楼盘。村子里很多废弃的宅院荒草萋萋,留守的人们被搬迁至统一规划的新农村里,水泥把路面抹得平展展的,瓷砖明晃晃地耀眼,也生生地封住了地气。

年轻人只在年节的时候候鸟一样呼啦啦地飞回老家,过后又呼啦啦地飞走。

山根底下,蹲着两个吃烟的老汉。

"现在的年轻人,行行晃晃都爱朝外面跑,怕是也闹不成个事。"一个说。

"年轻人自有年轻人的活法,叫狗儿们只管折腾去。"另一个说。

# 村人五记

这不是瞎编故事。对故乡的忠诚,对故乡的热恋使我不敢添油加醋胡乱说道,镢钩、红堂子、来娃妈、宝善伯、水儿爷这些村人活泛的形象时常就萦绕在脑际,使得我对故乡的温暖记忆虽然隔山隔水,却能鲜活留存、历久弥新。

## 急性子镢钩

镢钩妈生镢钩之前没有任何预兆。

那天,镢钩妈正在磨道上吆驴磨面,突然就肚子疼,紧跟着血水子就顺着裤腿流了下来。镢钩妈顾不得卸磨,慌忙往窑里赶,镢钩已经急急地出来了——慌里慌张扣趴在了脚地上。

镢钩妈抬手去前炕上摸捞剪子断脐带的当儿,镢钩爸刚好扛着镢头下地回来了,看着脚地上血红裹身的镢钩,他爸使镢头轻轻一钩,镢钩翻正了身子,号哭出声,就这样得了镢钩这名儿。

镢钩性子急、手脚快。

念书时,老师刚教了上半句,镢钩就念完了一句,却是错错差差,完全不靠谱,只是在干活时动作麻利。小学校盖房时提泥包,他呼呼来去,一个顶俩,一上午的活他小半天就干完了,惹得垒墙的大工匠直骂——这个急屁火烧的碎尿,你就不能悠悠地来上一阵儿?

不能!镘钩生就性子急、手脚快,慢不下来。

有一年大家去山上砍柴,同去的人还在砍,镘钩已经砍好了老大一捆,开始扭编束柴的草绳。镘钩猫在地畔上,拽一把蒿草三两下扭编在一起,再拽一把三两下扭编在一起。动作那个麻利,你要是站跟前看保准会眼花。

回村的路上,镘钩背着柴又窜到了前面,跟他屁股后头的人咋看咋觉得镘钩背的柴捆不对劲,就叫住他看究竟:束柴的草绳里分明是一条蛇一蠕一蠕地在挣扎——这镘钩手太快,他把一条吞了雀的青蛇连带着蒿草生生给扭编进了草绳里。

镘钩寻媳妇时,刚见了一回面,人家意思是双方再处一处,再摸摸底,镘钩性子急,说差不多就定了,搭伙过日子嘛,麻麻利利一过门就了事了,就成了婚。

没想到,媳妇是个慢性子,做什么事情都斯文。镘钩下地回来,催促媳妇做饭,说抓紧弄饭,抓紧弄饭,他是个急性子等不得这斯文!媳妇正在给一笸箩幼蚕喂桑叶,说稍微等一下,马上就做饭。镘钩就急了,一扑过去端起笸箩就倒在了院子里,院子里一群鸡呼啦啦跑过来,一时三刻把个幼蚕啄了个精光。

媳妇一气之下摔门回了娘家。

拗不过老娘数落,镘钩连夜去丈母娘家寻媳妇。黑天半夜的迷了路,横竖走不出个三岔路口。急性子的镘钩又恼火了,赌气顺

村人五记

着其中的一条路一直走下去,想要走到路尽头看个究竟,直走到第二天早上,他听见路上的人说话不是本地口音了,才发现竟到了相邻的外县。

折回到丈母娘家,丈母娘决意治一治这小子的臭毛病,就麻麻利利下了面,捞了一碗递给镢钩。镢钩捉起筷子,头一埋,吸溜吸溜只两口就下去了多半碗。正吃着,丈母娘过来劈手夺过面碗,回转身把剩面倒进了狗食盆子,说:"你性子急,我比你还急,半天吃不完一口面,老娘还等着洗碗哩!"

## 怪人红堂子

咋说呢,红堂子这个人怪得很。

红堂子腰身壮实,手也巧,却身懒怕动弹,自家的活儿拖拖磨磨总不愿意干。农忙时节庄稼人都打仗似的,撂下饭碗就往地里赶,红堂子不着急,吃起饭来细嚼慢咽的,饭毕剔着牙,然后再喝两缸子茶,茶缸子放下,点一袋烟蹲茅房里半天出不来。他老子气得直骂:"吃到晌午屙到黑,一身好力气顾不得。"

奇怪的是,这身懒怕动弹的红堂子却是乐意帮别人家忙活。不管他在忙什么,你只要央求到他跟前,他二话不说,撂下手头的事就跟你走。他老婆说:"自家坟前不烧纸,人家坟前能哭死。"

五红六月天,人都在地里忙得要死,红堂子却清闲,他屁股底下压着个镢头把,或是腰里别一把镰刀坐在涝池沿的大槐树下不愿意下地,手捏一个收音机匣子,哼哼唧唧跟着唱歌呢。

谁要是走过来招呼一声:"红堂子,你要不忙的话后晌帮我家割一料麦子(或是割一茬苜蓿)去?"他立马站起身,一拍屁股就应承了。到了地里，各样农活他都驾轻就熟，茄子一行、辣子一行干得顺溜，完全是个正经庄稼汉的样子。

红堂子还精通盘灶火、套炉子、戳烟囱。谁家有红白喜事了，不用事先招呼，红堂子自个就来了。进了院喝过主家的茶，点上主家的烟，俩耳朵上再各别上一根烟，红堂子操持自备的几件应手工具，东瞧西瞅选好地方，挖、垒、戳、泥、套一番折腾——轧饸饹面的地锅子，烧汤炒菜的小火炉子就都给拾掇好了，保管你过事情的时候不会误事。

搞社教那年，县上一个蹲点干部看上了红堂子的手艺，把他介绍到县工程队包活，红堂子干了三五个月，挣了些钱就回到了村里再也不去了。这么惹人眼红的好事情咋就不干了？问红堂子，他嘴一咧说："咱不敢去，咱这手艺一去人家就没饭吃了。"

不用说，这个红堂子懒毛病又犯了。

## 看"过失"的来娃妈

不晓得她的名字，她男人死得早，只有个儿子叫来娃，村人就叫她来娃妈。

猪腰子脸，皮肤黑得像羊油浸到了石板上，眼仁灰不溜溜的，也没见她笑过，不知道是不是故作正经。

来娃妈有些玄，她会看"过失"，这"过失"就是指你因为不注意，得罪了鬼神。据说，来娃妈自个儿说，她顶着个什么神，乡间把鬼神附体叫作"顶神"，但是鬼神是很高贵的，他不会轻易进入你的俗体，只会在你的头顶上操纵你，这就是"顶神"了。来娃妈看"过失"就是执行神的旨意。人因为过失得罪了神，但是人却不知道错在哪里,于是,来娃妈就把鬼神请出来,由鬼神亲自来告诉你,你在啥地方动了谁坟上的土,在啥地方对着庙神吐了口痰,你也可能在不该扫地的时间里扫了地,这些事你虽然是在无意间做的,鬼神却很生气,后果很严重。鬼神要惩罚你,所以,你最近不是腰疼就是害红眼,你家的窑背上半夜也可能不断传来奇怪的脚步声。这事情,要叫来娃妈把神请出来,找到自己的过失,再给神焚香烧纸。神受了你的香,收了你的钱,就会说一声:"这事就这么算了。"于是,你的生活也就顺当了。

村里人不一定信这个,背地里都在议论来娃妈,但是某些情况下犯了"过失",又难免求到她。关键是有"过失"的人一经她"说破",立竿见影地就有了效果,这绝不是杜撰,我就曾亲身经历过她的"拨疗",就是用语言点拨治疗。

那年我大概十来岁,早上爬起来还好好的,后半晌时却突然眼睛红肿,涩痛难忍,妈就引上我准备上镇医院,大伯挡住了,说:"上什么医院,十几里路呢,寻来娃妈看一下嘛。"

坐在来娃妈黑黝黝、凉飕飕的窑洞里,我紧张得大气都不敢出,她呸呸朝手心唾了两下,双手一搓,过来撑开我眼睛定定地瞅了半天,说夜来(方言,昨天)后晌,娃胡跑,叫土地爷"问"了一下。我妈感激她"说破"了我的"过失",就把一盒饼干、一包红糖放在了她的炕桌上,来娃妈也不推让,因为按她的说法,这些东西不是她要,是神要。东西不在乎贵贱、多少,关键是不能怠慢了神,这是村人都晓得且严格遵照的规矩,来娃妈的不推让也是规矩。

也怪,一经来娃妈"说破",我的眼睛当天晚上就不怎么疼了,过一夜,肿也消了,完全就好了。尽管我不信这个邪,心里也不是很服气,但想起来娃妈那不苟言笑的面容,尤其是那双有别于常人的灰不溜溜的眼仁,心里便生出胆怯。

村人大都见过来娃妈施"冰法",她把一根烧得通红的铁钎子从炉火中拔出来,口中念念有词,一口唾沫唾在掌心,伸手于空中再抓两把风,手掌贴着通红的铁钎子就敢捋几把。

据说,来娃说,他妈还能使纸人端水盆,能把盘着的蛇调教得站起来走。

村里很多"不好养活"的孩子认来娃妈为干妈。

因为不肯下地干活,加上村人犯"过失"的概率也有限,来娃妈也就难免生活得捉襟见肘,于是她也就难免东家田里掰几穗玉米,西家地头摘两个南瓜。有时被主人碰巧遇上了,来娃妈也绝不慌张,她脸定得平平的,不慌不忙地说:"路过你这地畔,顺便掰一点,今年天收,干妈我可不哄你!"

## 二先生宝善伯

宝善伯在兄弟中排行老二,因为能出口成章、提笔写字,就被村人尊称"二先生",宝善这个大名倒鲜为人知了。

二先生的两个儿子叫克勤、克俭,女子叫飞燕,大孙子叫致远,看看,都是有出处的洋气名字。

其实也就是有一点私塾的底子,家里藏了几册线装书,又凡事爱翻翻老皇历,在厚重少文的乡村就显出了二先生的与众不同。

春夏戴白洋布帽,冬天是顶上有玛瑙珠子的黑呢帽子扣在头上,于是坐在一伙白羊肚子手巾裹头的老汉中,二先生就有了鹤立鸡群的效果。

红事上,二先生握一管狼毫簌簌落笔替事主家收礼,一笔好字羡得旁边看字的年轻人叫着宝善伯就要拜师学艺。二先生不抬头,用笔管顶一顶溜下来的眼镜框子,说一句:"一边凉快去吧,也不是那个材料。"

白事上,二先生罩上团花滚身的缎子长袍当礼宾先生,一脸高古,婉转着腔调唱:"奠——酒——哦!"灵堂下跪着的孝子就将酒水斟在供桌上的酒盅里,二先生又唱:"叩——首——哦!"灵堂下的孝子就纷纷磕头作揖……

"牛马年,广收田。"——涝池畔的古槐下,二先生捋着胡子给簇在一块的村人指拨。"今年是马年,是收年,清明过了是谷雨,谷雨一过快下地,种什么收什么。"那一年果然就收了,玉米棒子赛胳膊粗,老南瓜压塌地圪塄,家家大囤积堆小囤满。

村人五成子赶着牛下井沟底饮牛,二先生给挡住了,说:"云走南,水漂船,你抬头看天,云疙瘩朝南走哩,不敢下沟!"五成子不信这个邪,结果下到沟底,老雨倾盆,小河暴涨,人和牛都给山洪卷走了。

大孙子致远自小就被二先生调教着,念"黎明即起,洒扫庭除,要内外整洁。既昏便息,关锁门户,必亲自检点……",念"天地玄黄,宇宙洪荒。日月盈昃,辰宿列张……"。致远没有辜负他爷的厚望,好学上进,直念到省城一所响当当的大学,学的是天体物理专业。

假期回来,二先生问致远都学了些什么,致远埋头看书不理他爷,二先生又问,致远淘气,顺口来了段:"世界是物质的,物质是运动的,运动是有规律的,爷你懂吗?"二先生咂一口水烟锅子,捋一把胡子,微微一笑:"那就是说,地球是个东西,这个东西是动弹的,那动弹不是胡乱动弹,是有路数的,是这意思吧?"

"你个碎驴儿才念了几天书,就敢小看你爷?"——二先生笑着骂,胡子一动一动的。

## "媒婆"水儿爷

"媒婆婆,两头吃馍馍。"——水儿爷一露面,就有几个顽童跟屁股后头喊叫。水儿爷眯眼笑着,舌头一伸,舔一下顺豁嘴流下来的口水骂道:"碎驴儿的,回去问问你大你妈,没有爷撮合,哪儿有你这伙子龟孙?"

水儿爷说得对,村里比他年纪小的几乎都是经过他的"媒妁之言"才娶的媳妇,当然他也成功地把本村的女子撺掇出去不少。

水儿爷下嘴唇豁着,据说是因为老娘在怀胎的时候馋嘴吃了几只兔子。可是这豁嘴非但不影响水儿爷的能言善辩,似乎还口水淋淋地更加生动地印证了他口若悬河的能耐。

水儿爷的两个儿子在城里吃着公家饭,女儿莲娃留在身边端茶做饭,日子过得安逸,过得滋润。

一到逢集遇会的日子,水儿爷必然头一个出现在通向镇子的村道上,集会上是水儿爷搜集并散布适婚青年信息的好去处,也是他一展身手的好平台。本村,甚至相邻几个村子里年轻人的生辰八字、相貌脾气、家里光景都在水儿爷的脑子里装着。

每次赶集回来,水儿爷都能配好几对亲事。说张村有个好女子,是咱村三锤的好相;或说,嘿,给翠翠瞅了个好婆家。于是,水儿爷不着急回家,抬脚先进了这些待娶或待嫁的年轻人的家里。

往往几番说合、走动,大媒就让水儿爷说成了。

在那喜气洋洋、张灯结彩的红事上,一对新人跪拜罢父母高堂,就轮到水儿爷正襟危坐,接受媒人的礼遇。新女婿、新媳妇三叩三拜后,再恭恭敬敬奉上谢忱媒人的大礼——一双新媳妇亲手纳的千层底布鞋,两盘子点了红的白馍馍,还有烟酒。这个时候的水儿爷不住地伸舌头舔着淋淋漓漓的口水,红光满面,神采飞扬,他为村里又成功引进个好媳妇,他有绝对的理由骄傲。

莲娃跟着哥嫂跑了几回城里,看上了一个贩卖蔬菜的后生,偷偷来往着。时间长了,村里人都晓得了,只有水儿爷蒙在鼓里。一天,后生开着拉蔬菜的三轮蹦子来看莲娃,碰上了说媒回来的水儿爷,真相大白,水儿爷气炸了。水儿爷已经给自己瞅好了个称心的女婿,正准备给莲娃说明,没料到这女子竟敢迈过锅台上炕,全然不顾她老子的面子,自个儿倒寻好了人家。水儿爷顺手抄起顶门棍一顿打骂,就把后生撵了出去。没想到一向乖顺的莲娃是王八吃秤砣——铁了心了,抹着眼泪跟水儿爷争辩"婚姻自由"的道理,还撒着泼要跳洪崖沟岔。

拗不过莲娃,水儿爷只得应允女儿嫁了过去。

村人开玩笑说,水儿爷一辈子说媒保婚,轮到自家女子却倒了规程,省下了媒人的点红馍馍和烟酒、鞋袜。

只是,这话不能当水儿爷的面讲。

# 蚕姑

蚕，这个字敲出来吓我一跳——是"天虫"二字组成"蚕"。

古人厉害，造出这么奇丽生动的汉文字。蚕，天虫。威猛如虎者也只是"大虫"而已。大虫使人畏，天虫令人敬。

有桑树的地方就是蚕的故乡。桑梓地也是人的故乡。

蚕食桑叶——吐丝作茧——作茧自缚——破茧成蝶，近乎完美的生命过程。是"煮茧缫丝"杀了蚕，光彩绚烂的丝绸之路的开辟史其实是蚕的血泪史。

联想不敢展开，一旦展开是可怕的。

记不起我近距离去留心观察蚕这种上天派往凡间的灵虫是什么时候的事了，反正是在早年的乡下，是在大姑家。

大姑端庄、好看，双辫子齐腰，说话温和，总是喜笑颜开的模样。大姑一片一片采摘桑叶的样子，大姑穿着自织自染的粗布衣裤，揣着钩镰、挎着柳条筐从村道上款款走来的样子总让我想起汉乐府《陌上桑》中"秦氏好女"罗敷的种种美好。

那些年桑叶长出来的季节，大姑家的前炕上就会放置几只硕大的、浅口的蚕笸箩。大姑的手软,白,桑叶徐徐撒进笸箩,细细小小的蚕儿蠕动着;桑叶徐徐撒进笸箩,白白胖胖的蚕儿蠕动着。

早年,大姑父在地区卫生局干着公家事,大姑一人拉扯着两儿三女五个娃娃,连带着七老八十、盘腿搭手炕头上坐着的两个老人在乡下熬光景。

大姑天天鸡叫二遍就得起来,有些时候鸡叫头遍才能躺下,用大姑的话说:"半辈子没睡过什么囫囵觉。"

一年腊月,天还没明就去井沟里驮水,大姑拽着驴尾巴上井坡,打瞌睡,脚底踩上暗冰,磕掉两颗牙。

还有一年秋后,大姑带着大表哥去镇上卖蚕丝,回来时晚了,翻山路遇上狼。那畜生绿着两只眼,白森森的牙龇着,迎面步步逼过来,脊背上的大表哥吓得哇哇号哭。眼看躲不过去了,大姑噌地弯转身,放下大表哥护在身后,欻地抽出腰里别着的镰刀一蹿扑了上去……

听起来像是编造故事,却是真实地发生在那一年秋后大姑回家的山路上。当几个放羊人赶过来时,大姑正和狼厮缠在一起,镰刀居然劈进了狼的后腰,被仓皇逃窜的畜生带走了。惊魂未定的大姑两手是血,头皮被撕咬掉一块,半个脸血肉模糊,对赶来施救的放羊人微弱地咕哝出一句"快……我娃……",然后昏了过去。

那些年月,在乡下照护老人、务养娃娃、料理光景,一个女人能遭受的罪大姑全都挨着遭受遍了。

当干部的大姑父年节上回了家也干不了什么活,只能生巴巴地哄哄娃娃,大姑还少不了时时处处伺候着他作为公家人的讲究——早起要喝一碗白糖蛋花汤,黑夜要用热水泡脚。

五个娃娃后来有四个都随大姑父进城念书,成家立业了。剩下大表哥心眼实、憨厚,阴差阳错留在了乡下耕几块薄田,放一群山羊。大姑也过惯了育猪喂狗、蚕桑田园的日子,没有进城享清福,在乡下帮衬着大表哥继续熬光景。

有一桩事,是提起来让我们整个家族气愤不已却又引以为豪的。

那年伏天大表哥去放羊,大晌午被人抬了回来,衫破裤烂,腿也折了,说是叫人打了。

大表哥放羊下到黄河畔,那里有羊爱吃的地椒草,稀里糊涂就遭遇了一伙抢羊的莽汉,冲撞中被一铁锹砍在了腿上。

大姑请来了接骨的大夫,安顿好家里的事务。一番打听,说是河对岸一伙沿河岸流动采沙的人伤的大表哥,大姑两把解开槽头上的红骡子,顺手抄起放羊铲,翻身骑上骡子,一鞭子甩响,直奔黄河畔。

憨厚的大表哥折了腿、受了气,心头肉受着煎熬,大姑的心里火烧火燎。

黄河流水鸣溅溅。红骡子驮着大姑在黄河滩来回奔走寻找那伙造孽人。

我能想象大姑当年骑着红骡子在黄河滩上急急奔走的样子:那是爱子心切,“一定要讨个公道,说个明黑”的一探究竟;那是爱子心切,带着几分欲复仇心理的愤愤难平;那是“万里赴戎机,关山度若飞”的花木兰般的巾帼不让须眉的慷慨无畏。

天擦黑的时候,大姑终于在黄河古渡口的“天尽头”寻到了那伙采沙人。

肉香四溢，一伙人正围着火堆端着碗嘻嘻哈哈地喝羊汤，一声声嘶力竭的暴吼在黄河大峡谷炸响，紧跟着一只放羊铲忽地甩过去飞进锅里，汤水乱溅，几只碗应声滚落在河滩上。

"哈——呀！都吃美了啊？青天红日头下，抢了羊，伤了人，这事咋了？"

"嗯——"

"把我娃腿都给打折了呀，强盗！腔子里没长心呀——"

七八个莽汉被一个披头散发，半个脸带着"蛤蟆脊背"般的疤痕，声泪俱下的疯了一般的女人手持鞭杆子给逼住了。

理亏的采沙人商量了半天，推选了两个了事人灰溜溜地跟随在大姑骑着的红骡子屁股后头来到大姑家，赔了情，道了歉，赔付了医药钱。大姑父闻讯带着"办案的公家人"赶回家，要将打人者绳之以法，却被大姑苦口婆心地硬给劝住了。

"说什么哩，狗儿们也都是上有老下有小的受苦人，怪咱的娃死心眼，要个羊吃，就给吃嘛，舍命都不舍财的憨憨。你说，男人家厮打起来，咋能不伤人？唉——"后来每次提起这桩事，大姑就抹着眼泪这么叨叨。

大姑一生采桑养蚕，煮茧缫丝，靠蚕丝换点小钱贴补光景。

蚕老了就会自己"上山"吐丝，作茧。蚕终其一生不过四十来天。

蚕儿在桑山上摇头晃脑地吐丝，像是在吐诗。

老蚕欲作茧，吐丝净娟娟。

周密已变化，去取随人便。

…………

其功不为小,其用已为偏?

作诗寄蚕姑,辛苦匪徒然。


关于蚕的诗文那么多,我念念不忘的独是这首《蚕作茧》。

有一年我去看大姑,大姑从柜子里翻出一小方白白软软的丝绵递给我,她说,丝绵垫在墨盒里吸墨,使唤这东西,保我能写出好文章。

大姑一世艰辛,老了,卧床不起,能吃也能喝,就是不肯"上山"。妈说,寿数天注定,老蚕缺一口叶(桑叶)都不会上山。

那天表嫂子来了电话,说大姑走了。

早饭喝了少半碗米汤后,大姑头一偏睡着了,再没醒转。

挂断电话,我眼前晃动着那些细细小小的蚕儿,那些白白胖胖的蚕儿。

我哭了。

大姑白居兰,生于 1931 年,于 2016 年清明离世,享年八十五岁。

# 二伯

又一个清明节到了。

空气中氤氤氲氲，似雾又似气，仿佛要下雨，可雨终究没有落下来。老天是一副欲哭无泪的样子，暗合我惆怅的心情。

我又想起了已故的二伯，二伯是服毒自尽的。他告别尘世的方式叫人窝心，理由更是近乎荒谬，因为一生没有生下个延续香火的儿子。尽管有四个端庄俊美的女儿，女婿们也枪杆一般壮实，待二伯都不薄，可二伯还是感觉没个儿子后半生靠不住，还是干干脆脆地甩手走了。

想起二伯的事就叫人窝心。几乎所有的人都认为他在世时活得很舒坦，都说"白家老二是个会享福的人"。因为一口气生了四个女儿，违反了当时的国策。在那个年月，二伯被强制实施了绝育手术。从医院里出来他就彻底变了个人，几乎不再下地干活了。二伯母"自知理亏"地揽了家里家外所有的苦累。记忆中二伯母几乎没有闲下来的时候。猪圈边、灶台前、柴垛里，永远急煞煞地忙活，就连和母亲一起闲话时都抓着一撮韭菜或是端着一簸箕豆子。

二伯一日三餐要二伯母和几个女儿端吃递喝。天热穿煞白的汗衫,天凉是一套四个兜的蓝卡其制服,像村小学的教师或下乡来的干部。二伯成天哼着小曲在村头转悠,骂骂公社里的干部,或是咋呼着要拿割麦子的镰刀割掉村里小子们的"牛牛"喂狗。即便是村里头最野的小子只要见了二伯都会惶惶地逃掉。"割牛牛"的传说可能有点悬,但二伯的手可是真的会扭住任何一家小子的耳朵逼着叫"老子"。

对我,二伯是出奇地疼爱,总是笑微微的,眼里是柔和的光,温热的手摩挲着我的脑门、脸颊,一边变戏法似的从衣兜里掏出一把甜美的杏干或是一把炒得焦黄的南瓜子。看着我心安理得地解馋,二伯脸上的笑丰富得几乎可以用手掬起来。二伯待我好是因为我嘴甜,我乖顺。在他每次商量着要我做儿子的时候,我都毫不犹豫、痛痛快快地应承下来,而大伯家的三个虎生生的小子,偏偏得总是不好调教。

我脑子里时常浮现一幅画面。

烈日炎炎,大家一起收麦子。二伯赶着驴拉车,细密的汗珠从他的光脊背上淌下来,他不时地转过身摘下头上的草帽为我扇凉,一边重复着那个演练了无数遍的对白:"东子,大了给二伯当儿子不?"

"当,当哩!"

二伯驾轻就熟问得顺溜,我没心没肺答得痛快。这时候会有一个漂亮的鞭花叭的一声在我耳边脆生生地炸响。毛驴欢欢地跑了起来,我扬扬得意地骑在车辕上颠,手里提着二伯精工细作的蛐蛐笼子,而堂哥们只有撅着屁股追车的份儿,肩膀上哐里哐啷的还挎着饭家什。

乐乐和和的童年有二伯切切实实的关爱和温暖。我迷迷糊糊地承担着为二伯当儿子的责任。

怎么能不当二伯的儿子呢？眼看着二伯家的窑磁上那树香蕉梨黄澄澄地又熟了；二伯又套着啾啾叫的山雀了；我的弹弓又要换一根皮筋了；河南的货郎挑着"百宝箱"又在村口吆喝了……总之需要继续给二伯"当儿子"的理由太多了，多得叫我根本来不及考虑要推掉"当儿子"的许诺。

日子很慢，也很快。

为了求学我离开家乡先后去了县城、省城。这期间断断续续地见过几次二伯，每次他都不厌其烦、老生常谈地和我重复着那段对白。

一年暑假我没有回家，过黄河去了山西大同，在一家杂志社实习。一个闷热的午后，我拨通了家里的电话，半天没人接，我有些着急接着拨，电话通了，可是半天无人应答。隐隐地那头传来唢呐悲戚的呜咽。我心里不由得一紧，对着话筒叫了半天。

"东子，你二伯殁了。"沉默半天，父亲幽幽地说。

"啊？怎么会？"

因为儿子的事情，二伯一直闹心。

堂姐说，有一段时间二伯成天哼唱《渴望》："悠悠岁月欲说当年好困惑，亦真亦幻难取舍……"渴望，渴望，渴望什么？渴望有个续香火的儿子！

那天黄昏，二伯去爷爷的坟头添了土，还破例为下地的二伯母和堂姐们做了晚饭。随后他又去了村干部家，向多年不共戴天的

"冤家"诚恳地表示了歉意,之后二伯回到家坐在枣树下从容地喝下了整整一瓶"乐果"……

我又一次来到二伯的坟前,因为没有后人,二伯入不了祖坟。孤零零的一丘土堆突兀地出现在一面背山的坡地上,四围是疯长的野草。堂姐们已经来过,供桌上海海漫漫堆满了祭品,袅袅的香火就要燃尽了。一张烧得半焦的麻纸形单影只地挂在坟头的艾蒿上。

我感觉胸口似塞了一团乱麻,闷闷地憋屈。

泪眼婆娑中我又看到了二伯笑微微地从窑坡上下来,手里举着一只刚刚扎好的风葫芦哄我叫"老子";在供销社门前长长的石阶上,我心安理得地喝着二伯买来的稀罕的健力宝……泪珠从我的眼角噗噜噜地滚出来。

麦苗返青了,柳条摆绿了,我的二伯却再也回不来了……

三岁的豆儿看着我奇怪的神情很是不解,孩子单纯的眸子怔怔地望着我,光洁的额头上分明闪着上帝给予的光辉,我心疼地揽过她拥在怀里。我的宝贝女儿还太小,等她大了我会给她讲二伯的故事。

# 黑君春虎

　　周末拾掇书房，无意间于横陈之杂物中翻出旧时照片一帧，乃2004年我与春虎君同往安河镇之杨家总兵陵叩访古迹时所留的合影。

　　暮色沉沉，古柏苍苍，乱石突兀之环境中，余穿红夹克，发长遮耳、憨态可掬。春虎君着黑棉衣，短发直竖、英姿勃发，二人并肩相依，目视前方，做展望未来状。

　　六七载时光不再，转瞬间已是他年旧事，忆当年风一样自由之单身岁月，不由得喟叹光阴荏苒、韶华易逝矣。

　　余与春虎君交往有年，忆及当年初见犹如昨日情景。前些年，余于电视台里混饭，"扛机子，写稿子，推杯换盏撂点子"，人称"无冕之王"，实为小走卒，昏昏度日，言之无趣。

　　时2003年仲春之日，全县"两会"隆重召开。会开半小时许，一少年手持黑皮本，肩挎照相机，囊橐有声，夺门而入。余观之身阔体壮，脸大头方，似梁山草寇般宏阔，少白面书生之秀雅。其人双目扫视会场少顷，端的奔余而来，点头致意，微笑落座。自报家门曰:"姓黑名春虎,曾在交口乡下执教鞭,近日调入县委通讯组。"又言相识愉快、彼此关照云云。余倒吸一口凉气,此君相貌堂堂、落落大方,绝非等闲之辈。不由得心中暗揣,龙从云,虎凭山,黑虎于山野莽林中自可啸傲。而若出山又将何如?所幸者,虎虽出山,依旧高歌猛进,性情不减。新闻通讯频现报端,立意高妙、见解独到,言辞精美贴切,行文自然流畅,不久名噪新闻圈,"黑记者"口碑渐树,小老虎可劲撒欢。

因了同行瓜葛,加之性情相投,时常碰面,交往频繁。春虎君艺多才广,每每得闲,吹箫弄琴(弹吉他)展示品位,吹箫箫出空灵之音,弄琴琴发铿锵之声。客串主持、演讲亦是可圈可点。每逢县上演讲赛事,春虎君必披挂正装,闪亮登场,抑扬顿挫、慷慨激昂间将大小奖项荣誉悉数揽回,冠压群芳、气贯长虹,煞是招人嫉妒。

春虎君擅写。绣虎在胸、灵均生腕。《凭吊杨家总兵陵》引经据典,追古思今,慷慨陈词,大声疾呼文物保护之义举;《祝福你,可爱的家乡》倾情吟诵,旁征博引,振臂高呼建设家乡之重任;《红蓝墨水》截取生活,相映成趣,抒发儿女情长之缠绵;《电力局长》用心刻画,举一反三,道出英雄气短之悲痛。

春虎君能唱。走遍县城会所、歌厅,所向披靡,一副好嗓子赢得"麦霸"称号。倾情演绎《一剪梅》,肆意宣泄《忘情水》,情到浓时《回到拉萨》吼一段,酒至酣处《向天再借五百年》。观其KTV演唱,包间内氤氲一团虎气,上山与下山气势不同,入林和卧岗神情各异,昂首怒号,山鸣谷应;静卧平林,月朗风清。

春风得意马蹄疾,仕途坦荡波澜起,恰似"潮平两岸阔、风正一帆悬"。他先是副组长,再到县委办,又成正科级,"第一镇"料理主席团。分管"石油钻前""退耕兑现",下乡调解民事纠葛,进京斡旋上访刁蛮,练达、果断赢得众口交赞!

每每于"根虎夜市",三五挚友环桌而围,花生水煮,榨菜油泼,啤酒快饮,烤肉徐来。一伙兄弟把酒言欢,吹牛抬杠,酒逢知己千杯不醉,春虎君更是山吃海喝,好饮、豪饮,大肚能容。席间反应最机敏、出语最诙谐、描形状物最毕肖、制造氛围最活跃者,首推春虎君,盖因其广阅历与善思辨,或说其真性情流露大胸怀也。

余与春虎君同属八○后,春虎君已卓然挺出,少年才俊位列"后备梯队",今又以市水利局局长助理之身份于圣地延安憧憧往来,而余则风尘碌碌,半事无成,相形之下,徒增愧惭!

时逢周末,又无酒应酬,一时兴起操盘敲出《黑君春虎》一章,几番呾摸、几番推敲,不知夜已深沉,复不知家人已醋睡也。

# 想起宝林

今儿上午我到516办公室寻书，宝林的位子空着，几缕阳光从窗玻璃透过来在他用过的桌子上斑驳散开，像油画里隐晦的明暗调子，我的心里陡然生出些许惆怅。

想来，此刻宝林正在那个大院里的那方天地案牍劳形或是在会议室里聚精会神。是啊，宝林调走有一段日子了。

认识宝林在十多年前。

当年，我们念中专回来待分配，县上通过考试筛选了几十个所谓的品学兼优者在西桥头的职业中学进行岗前培训，我和宝林同处一室。

几十个男男女女聚在一起嘻嘻哈哈、疯疯张张，唯宝林文静、内敛，相对话少，所以印象不深。

忽一日，同学间好文者争相传阅一篇佳作，好像是"水调歌头"的旧词新填，说的是城里物资交流大会红火热闹，而后生们窝在教室里心向往之却不能逃课的千种纠结，万般无奈。通篇文辞工整严谨，又不失诙谐、调侃之意趣，此作正是宝林所撰。我虽愚钝，却也"雅好诗文",拜读佳作后不由得在心里就喜欢上了宝林。

我觉得,用玉树临风来形容一个男人大概是有点肉麻的,可是宝林就给人这样的感觉。他个子高高的,长得端正正、白生生的,往你面前一站,笑微微的,唇红齿白,头发整整齐齐,衣衫干干净净,通体清清爽爽,你说这是不是玉树临风?

当然,看人不能只以貌取。

宝林的品行好,这不是我一个人的看法,单位上、朋友中一致认为,有口皆碑。

宝林话少。人前少说三道四,人后不言是言非。在这个人云亦云、指鹿为马的浮躁时代,这是很难得的。

宝林"活"好。在行政单位混,没有两把"刷子"是玩不转的。宝林善弄材料,写讲话、编简报、搞总结,一些干的条条、死的框框,经他一编排,就辣子一行、茄子一行,看着顺溜,品着有味,活活地泛出生动、透着深度,赢得圈里公认,博得领导赏识。

宝林爱学。厚积方能薄发,常见他趴在桌子上读书看报,或圈圈点点、勾勾画画,或掩卷沉思、妙手偶得。他是把我们喝茶上网、串门聊天的时间都用在正经地方了。

宝林话少,但不是不苟言笑,八小时的活动下来,宝林一个机智的笑话往往就以压倒性优势夺得头筹。

宝林"活"好,可不是光能弄材料,他在一首礼赞胡杨的诗作里这样写道:

在死神蔓延的地方
生命

恣肆着撼人心魄的力量

是坚强地活着

还是靡靡地死去

叩问苍天

命运的桎梏能奈何几年

反诘大地

庸庸黄沙能否绿意盎然

关于胡杨的诗作我见了不少,其中不乏所谓的大家,可是我始终固执地认为,在"气质"上能超越宝林此作的寥寥无几。

文章好的未必书法好,书法好的不见得文章好,而宝林偏偏还写得一手好字。

机关组织干部书法展,大伙又是临帖,又是拜师,甚至有找枪手的,眼看"大限"已到,一个个临时抱佛脚。

不慌不忙,宝林随便拉过一张 A4 纸,拾起一支钢笔,洋洋洒洒、稳稳当当划拉,一幅漂亮的隶书呈现出来:间架讲结构,运笔有章法,粗看布局舒展,落款大方;细品如棉裹铁,力透纸背。当然一举拔得书展头筹。

宝林爱学,不是死学。专业之外,研究军事,专攻兵器,翻书查资料,上网搜信息,飞机大炮加战舰,你想了解什么,问宝林,人家越讲越明白,咱家越听越糊涂。为啥? 只怪咱家底子薄呗。

宝林的家我去过。

出城西往北拐,沿一条蜿蜒小路深入进去,在一个叫小白家河的村庄站住。宝林家居于村子高处,坐西向东三孔石窑洞,院子不

想起宝林

115

大不小，地面打扫得光坦坦的，不见浮尘；一株新栽的枣树在院畔上努力伸枝展叶，两只红冠子公鸡在院子里很有风度地踱来踱去，院畔下一条小溪缓缓流过，活泼、灵动。

宝林走的那天，我和景主任、小宋去送他。大清早，宝林的妻儿尚在安睡，宝林的母亲收拾好了行装，就在我们提上东西出门的那一刻，卧室里宝林襁褓中的儿子发出一声响亮的啼哭，像是父子间的一个道别，此时的宝林正别过脸去，我没有捕捉到他的表情。

松柏凝绿、牡丹吐艳，市委大院春意盎然。春意盎然的大院静悄悄的，静悄悄的大院透着某种庄严，"于无声处听惊雷"大概就指这样的情形。

铁打的营盘流水的兵。宝林去了更高一级的机关，前景光明，我应该为他高兴，为他鼓掌欢呼，可是我却突然生出些许惆怅，真是不该，我想，我是念起他的君子风范了。

真的，和宝林在一起，不管干什么你都会处处提醒自己要注意，不要显出粗鄙鲁莽来，这可能是见贤思齐的缘故吧。

我想，等宝林再回来，我一定要邀他一起坐一坐，不是贪那一杯酒，也不为那两筷子菜，就只是想一起坐一坐。

# 拓峰兄弟

　　微信语音过去,拓峰说在,说白哥你来,我就打车直奔翟子沟三期老年公寓。

　　路上想着拓峰笔下那些黑瓦瓦的画,想起他收藏的那些怪模怪样的坛坛罐罐,那些古旧的方桌、躺柜和他书架上的善本《金瓶梅》;想起他穿着膝盖露俩窟窿的牛仔裤来大楼里寻我,让领导质疑我交友不慎;想起在魏哥的秋水田园,"松林闲话"几个群友环桌闹酒、高谈阔论,拓峰歪戴着棒球帽,窝在木炭炉子后边一把一把给我们烤肉、烤饼子。抽空,过来跟大家走两杯。

　　进得老年公寓,我就笑了。

　　光头,光眼,光脸,下颌蓄一撮卷曲的小胡子,上身是圆领棉布黑衫,这家伙正一耸一耸朝我走来。拓峰走路身子前倾,头先脚后,大概是他的脚步赶不上他的思想,总是慢半拍。

　　我刚从新城的一个会议上下来,衬衫扎进西裤,皮鞋擦得很亮,人五人六的。

　　我判断拓峰是去门口的小店买烟,这个点还没到他吃饭的时候,只有一种情况——烟困住了。果然。

一只民间早年的木箱子,斑驳的箱盖上铺块扎染的蓝色碎花布,几只粗糙的柴烧茶盏。坐下来,清茶淡水边喝着边说话。

拓峰的工作室几乎不见天光,他又四处收拢些墓里出土的陈品和祭器摆了一房子,檀香四散,让人倏忽间像是移身另外一个世界。

我知道拓姓出自"拓跋",是来自游牧的鲜卑族。我寻思,阿姨们挑女婿多数是不会看上拓峰的,因为从大众审美的角度,"其貌不端"的拓峰想要吸引中老年女性的眼光——难。

拓峰属虎,却不显虎气,倒是有着"昼伏夜出"的习性。这家伙常在深更半夜鼓捣着浓的淡的墨,硬的软的纸,粗的细的笔,在静谧、纯粹的氛围中吞吐着自己的精神道场,折腾着蓬勃的精力。他只在夜里独处的时候作画,所以我无缘一见他作画的现场,他说他的前女友见过。可惜,一个"前"为青春的恋情画了句号。

拓峰的画不走寻常路,有说他的画像丰子恺的,有说像老树的。其多用焦墨,笔下有黑峰峰的山,有很低的云朵压过来,也有潺潺活水,水边有树,树上开花;有介于写实和抽象之间的人像,人像多粗野乖张,思想却呼之欲出,其中一幅人像眼看就要是罗中立的《父亲》,半个面部的神态都出来了,却几笔乱描又走向凡·高的《自画像》,就这么表现着。表现什么?——说是没想着要表现什么,也没想着要学谁,咋想就咋画。

更多的则是"小光头"系列漫画。我行我素的小光头活脱脱就是拓峰自己,行走坐卧,吃喝拉撒游走在尘世间。

这些个小光头滑稽、可爱、较真,在拓峰的笔下认真地打量着这个并不认真的世界，以小见大地表现着当下人们的生存状况和社会状况，也揭社会疮疤，也讽体制流弊。记不起是哪个画画的说过，说在纸上画画是风险最小的人类行为。活在当下，拓峰这只老虎没法出去吃人咬人，所以，这家伙聪明地选择这种风险最小的行为来消磨青春。

翻看拓峰的系列漫画，天空几朵乌云飘，小光头自信满满擎根棍子，旁边题跋：小时候老想把天捅开个窟窿——多么异想天开的浪漫情怀呀！再看下一句：因为小时候家里种着地——又把人拽回到现实观照。另一幅画中小光头着了袈裟，偏身子扒着庙门，似乎志忑着，朱门之外是含含糊糊、虚虚实实的色块构成的万丈红尘，却只落款了时间，这个小光头在想些什么呢？

拓峰祖籍在子洲县驼耳巷，老父在乡下种些药材度日，种黄芪、甘草还有远志。拓峰读完西安美院，四方游走，北漂过四五年，后来在延安城拍片子，交了几个体制内的哥们，几句话聊过去居然碰撞到一起了，遂决定扎营宝塔山下，不走了。

常有各路豪侠来抽烟、喝茶、写字、论道，三五句聊得投机，便一通酒肉，酒不论白的、啤的、红的，是酒就好，肉却偏爱肥的，说肥才过瘾，肥才不腻。

闲来写就青山卖，那是唐伯虎。拓峰的画不卖，自己留着。这么生活着，行吗？行，拍片子。他在美院就学的影视编导，央视几个频道播着的一些商业片、公益片就是这家伙执导的作品，再争取拍拍新生活、主旋律，生活也足够了。

简素的一张宣纸大片留白，小光头扒着松开的裤腰，低头凝目，一旁题跋：乖，要听话。看过不禁莞尔，拓峰兄弟正当雄赳赳的青春关口,敢情时常都会有这剑拔弩张的尴尬和困扰。

我这人交友杂,却不乱,能真正入眼走心的也不多。从老年公寓那几乎暗无天光的房子里出来,我用今人闷骚的方式发了个微信朋友圈——几幅这家伙的画加他一些藏品的照片,再配上一句:世上溜溜的女子哟,快来爱拓峰。

# 推荐白红斌

白红斌习练书法。

才临帖三年，他的字就写到了这个地步，被很多人认可，真不容易。

红斌打小爱书法，师从其语文老师王新建，课余琢磨"永字八法"，研习间架结构，早早地就捉住了字样。大学毕业后就业困难，遂在县城西桥头开了个小超市，售卖零碎，自谋生活。开超市是守株待兔的事，不太忙，红斌就重置笔墨字帖，又用装修剩下的边角料钉了个可折叠的小书桌，闹中取静，临帖不辍。原本就有基础，先天也足，几年下来，收获了端方硬挣、体例圆熟，摹习见功夫，承袭又发展的一手好字。

红斌初学田英章，后又浸淫于魏晋钟、王。田氏书法被书界好多腕儿们所不屑，认为匠气太过，死板。我不这么看，书法本来就是讲究规矩、章法的艺术，基础不牢地动山摇呀。眼下好多混圈子的所谓名家，基本的运笔都谈不上，花拳绣腿，作秀搞怪，动不动枯藤斜挂、乱石铺街，又被协会豢养，端架子、摆谱，还"艺术无价"，你让他乖乖写个楷书——不一定敢动笔。马步都扎不稳的人，招式再怎么花哨大概也不能称武术家吧？

我于书法是门外汉，不敢装懂。只是逮空览阅微信朋友圈种种作品，与本地几位弄墨之人也时有往来，机缘巧合时，也去那长安城中的亮宝楼内瞻仰过几次名家书展，慢慢地就壮起了胆子。鉴赏书法不难，能识得美女就能识得书法——这是名士作家方英文的理论，我十二分赞同。原因是好的书法等同美女，都能给人带来美的享受，所以，对我来讲，判断书法优劣，只一个标准：看上去舒服、养眼。红斌的字，我看着舒服、养眼。他的字稳扎稳打，诚恳、自然，最起码不犯那些"牛头""鼠尾""蜂腰""鹤膝"的毛病。

当然，红斌的字可能还没"出帖"，还处在"看山是山，看水是水"的初级阶段。《书谱》有云："学书通于学仙，炼神为上，炼气次之，炼形又次之。"以孙过庭的标准来讲，红斌的字目前还在"形"的周围踅摸，尚需登堂入室由形及气，再通神；尚需主攻一脉，博采众长，领悟"胸中汇百家，腕下生己面"的学书之道。可这后生才三十来岁，又对书法敬若神明，日日痴情习练、一丝不苟，出神入化指日可待也。

今夜秋雨凄迷，我在红斌超市中闲转，他翻出货架间堆积的四尺整张、六尺对开作品展示出来。我看了又看，越看越爱，尤其是一幅黑地金字的《般若波罗蜜多心经》小楷条幅，从首至尾气格如一，平和简静，其所营造出来的肃穆、古雅之气让人沉迷。

超市橱窗外，但见西桥头石牛颔首，双目圆睁、奋力鼓劲，回头再看红斌，他正怔怔地对着滴答漏雨的天花板凝神，魔怔般地叨叨："屋——漏——痕，我总算弄明白屋漏痕的笔法是怎么回事了……"

我打车回家,连夜操盘敲出此文。

心想,只要能为后生抬一回轿子,造一点声势,不管是招致骂声还是赢得喝彩,于我都是十分乐意的事情。

推荐白红斌。

## 牛总真牛

方正气派的主楼,富丽堂皇的大堂,宽敞明亮的宴会厅,温馨舒适的客房,精美的菜肴,贴心的服务。

翠屏山下,延河北岸,装修一新的安林酒店以卓尔不凡的气度和"真诚细致、聚力至臻"的服务理念展示着小城唯一的四星级酒店的形象和魅力。

小城延长餐饮业界一流硬件、一流服务的缔造者,延长安林饮食服务有限公司执牛耳者乃八〇后牛总——牛安林是也。

牛安林本名牛光涛,无奈城小人熟,大伙安林长、安林短的喊惯了,反倒不知道牛光涛为何许人也。

走进牛总位于酒店顶层的办公室,厚厚的地毯舒服着脚,一套古雅的黄花梨明式家具各得其所、合理布局,墙面上挂了字画,悬着剑,书柜里可见《传统文化精粹》《经营之道》《舍与得》,博古架上置墨玉质地的龙舟竞发工艺品,更有一牛俯首奋力拉车。

"牛总格调高雅,是咱延长儒商啊!"我打趣道。

"哈呀,快不要笑话兄弟,长这么大最后悔的就是没有好好念书,没有学得东西啊。"面团团而笑微微,架着黑框眼镜,白衬衫外罩着灰格子马甲的牛安林递烟敬茶,略显赧色。

手指间的香烟袅袅散雾,望着落地鱼缸中从容游弋的几尾银龙,牛安林的神情逐渐凝重,将自己的"心路历程"娓娓道来。

牛安林是延长县安沟镇多海村土著。多海这道塬上传承着不安分的基因,延长县早期的共产党组织曾在这里秘密开展活动,后来又有北京知青插队此地,出过一些赤胆忠心、头角峥嵘的人物,也慢慢地滋养出几许"好闹事"的地域文化。

多海塬上长大的牛安林从小就敏而好动,不屑守常,倾向开拓。书读到初二的时候,面对家里因人口多、拖累大而日渐窘迫的光景和学校里按部就班唯高分取人的憋闷体制,"一心想出去闹点事情,赚点钱为家里分忧"的牛安林索性拍屁股走人,离校辍学。

停了学业的第二天,牛安林就"走上了生意道",先是贩卖了些山羊,又远赴兰州采购当时紧俏的西瓜种子回来赚差价,一来二去尝到了生意甜头的牛安林回家安顿了父母家人,揣着几百块钱去了省城西安闯荡。

在楼高街阔的西安盘桓了几日,眼看着囊中羞涩,考虑到填饱肚子这头等大事,牛安林一头闯进南二环的雪绒花酒店,进了后厨刷盘子洗碗。

雪绒花是知名的粤菜品牌连锁酒店,生意火爆,天天有堆山的杯盘碗筷油腻狼藉扑面而来。洗碗工是后厨最底层的工种,两个多月没日没夜"洗刷刷"的生活让小后生在筋疲力尽的同时也初尝了生活的艰辛和世俗人情的心酸冷暖。

两个多月后,"眼里有活,能吃亏"的小后生被调整到择菜、打荷的岗位，得以接触后厨烹饪真功夫。

两年后，自以为摸清了餐饮行业门道的牛安林信心满满地打道回府，在延安大学附属医院门口租了个小门店，投资了两万元——"馋嘴鸭"热闹开张，又当老板又做伙计的牛安林起早贪黑，里外操持。小店红火了几个月后，不知何故生意慢慢冷清下来。一天早早打烊后，郁闷的牛安林走上街头闲转，不看不知道，一看吓一跳，街面上以"馋嘴鸭"为招牌的小店冒出来很多，仔细调查一番才发现，小小的延安城竟然有十八家"馋嘴鸭"在经营，物以稀为贵，一个原本不算大的市场一下子冒出十七家竞争对手，这杯羹难分的程度可想而知。无奈之下，牛安林只好"赶鸭子下架"，草草收场。

初次创业就败走麦城的牛安林又干起了贩卖蔬菜的营生。起早贪黑的忙碌中，他灵活的头脑并没有停止思考——"投资太盲目，对市场缺少调查分析，销售定位也不准，是这次开店失败的主要原因。"

悟出些"道道"的牛安林回到了家乡延长。当时延长正处于大崛起、大发展的火热浪潮中，石油财政扭亏为盈，社会事业百废俱兴，雷家滩仿古一条街的餐饮业也随之蓬勃兴起，引导着小城的饮食消费潮。看到家乡日新月异的变化和繁荣，牛安林"好闹事"的性情再一次被激发了，无奈手头拮据，自己无力开店办实体，遂应聘在一家酒店做管理工作。

灵活的头脑、谦和的言行、强大的社交能力，再加上多年的生活历练，使得牛安林如鱼得水，将一个酒店经营得红红火火，短短一年，由最初七张桌子的酒店发展到二十九张桌子的规模。牛安林,这个名字从此在延长餐饮业界声名鹊起。

牛安林熟知趁热打铁的道理。2005 年,他跑银行、找朋友、筹资二十多万元办起了自己的实体店——天一顺大酒店。

天一顺大酒店主营婚宴包席和大型庆典活动接待,三十八张台位可以同时起菜,属于当时延长县城规模最大的酒店,再加上别具特色的用餐环境,质优价廉的饭菜质量和热情细致的服务,一开张就火了,很多顾客更是冲着牛安林的名气来的。

有了属于自己的平台,牛安林干事创业的劲头就更足了。牛安林深知,搞餐饮饭菜质量是第一位的,百年老店之所以能长时间传承下来,最关键的就是质量为先,其次才是诚信经营和科学管理。

为此,牛安林高薪聘请了专业的管理人员,并根据地方消费特点制定了切合延长实际的管理、服务细则。只要有时间,牛安林就亲自跑市场采购,从原材料上严把质量关,也时常走进后厨检查卫生,组织员工开展活动,邀请熟客品菜,倾听意见反馈。

功夫不负有心人,在牛安林的悉心操持下,天一顺大酒店誉满延长,成了举办婚宴和大型庆典活动的首选之地,营业额也是芝麻开花节节高。

随着国家惠农政策的逐一出台、落实和农业主导产业的迅猛发展,广大农民的腰包逐渐鼓起来了,办喜事、"过事情"的标准也慢慢提高,颇具经营头脑的牛安林瞅准了农村这个大市场,及时组建成立了"天一顺宴席流动服务队",通过电话预约巡回全县各个农村,以周到的服务和"低收费、高标准"的理念将餐饮经营的触角伸向农村这个潜力颇大的空白市场。

蛋糕越做越大,收益越来越高,知名度越来越大,按世俗的观念来看,年轻人难免沾沾自喜,可是牛安林却并没有"牛皮哄哄"起来,他一如既往谦和地待人接物,懂"舍得"之道的经营理念,一直被熟知的朋友津津乐道。

2014年,原延运集团尚峰酒店转让,牛安林几经考察,一举拿下酒店的经营权。斥资近千万元重新设计装修后,一个集餐饮、住宿、娱乐、商务活动、大型会议接待为一体的四星级酒店——安林大酒店于六月份正式对外营业。

开业那天,酒店内外人声鼎沸、热闹非凡。非公企业管理单位领导,延长商界朋友,社会各界人士悉数前来道贺、捧场,原定二十桌的招待宴席愣是不够,光羊就吃了八只。

牛安林说,那天自己真的喝醉了,没想到有那么多的朋友前来捧场。醉意蒙眬中,他回到了生养自己的多海塬上,回到了当年刷盘子洗碗的后厨,回到了草草收场的"馋嘴鸭"小店,回到了这些年一路打拼的坎坷路上。

短短几个小时的采访中,牛总的办公室门铃不时响起,有前来订宴席的顾客,有生意上来往的客商,有老家村里前来找关系、探信息的父老乡亲。

不管来的是谁,牛安林一律笑脸相迎,递烟敬茶,让人想起那个传承久远、颠扑不破的真理——和气生财。

目前,安林饮食服务公司旗下的两个酒店每月仅员工工资一项就高达二十八万多元,员工中不乏下岗职工、生活困难者。

谈及今后的发展,牛安林声称,早就递交了入党申请书,如果组织同意,自己就加入党组织,并且组建公司党支部。因为这么多年顺畅的发展使自己明白了一个道理:离开了党的领导,离开了政府的鼎力支持,非公企业的发展是很艰难的。今后公司在发展壮大的同时也要考虑做一些扶贫帮困、回馈社会的事情。

听了这番话,叫人不由得从心底发出赞叹——牛总真牛!

# 无样人

无样人,这是我们家乡的方言表述,泛指那些行事没规矩,出牌不按套路的另类人,说不定和鲁迅笔下的阿Q还沾点亲。

这个社会上到处都有无样人的身影在晃荡。他们并不一定出身草根,甚至有老子在某某单位当着官,但是因为没有念成书混上文凭,起先在单位里给领导开了一段时间车,吊儿郎当混了几年工资,后来越来越受不了单位清规戒律的约束,突然有一天厌烦了,就丢下有可能"转正"的铁饭碗,不顾老子的家法、亲友的劝导,混入了社会。

社会多热闹。

龙凭云,虎凭山,无样人只有进入社会,才能找到如鱼得水的感觉,英雄才有用武之地。

早些年就骑着雅马哈摩托满街招摇,后来又买了时尚的汽车,当满街的汽车动一步很困难的时候,他们丢开了汽车,蹬上了山地自行车——可别小看这自行车,碳纤维材料,十几挡变速,一辆好几万呢。

夜市的烤肉摊上，你遇上了这些无样人，他只要瞅见你，就拿着啤酒奔过来，不使起子，嘴一歪，嘎嘣一声咬开瓶盖："哈呀！老哥！你几个遇到一起了，咋不叫上兄弟？"一边打哈哈，一边敬你酒，又说，夜天黑地，就在这儿，他和某某、某某一起子喝了五箱干啤，咋也不咋。他说的这些个某某，不是打油井的老板就是社会上的名流。

无样人四季老穿着牛仔裤和新款的运动鞋，却在上身煞有介事地罩着笔挺的衬衫。

遇上有些规格的婚宴喜事，无样人更是不能少，穿上得体的西装，扎上漂亮的领带，胸前佩了红花，咋咋呼呼地一会儿安顿服务员上菜要注意别把汤汁溢出来，一会儿又交代摄像的师傅好好抢镜头，俨然一副认真负责的行家里手——全然忘记了接孩子的时间和出门时老婆的交代。

无样人在街头遇上棋摊，一般会凑上去看个究竟。观棋不语的规矩他懂，尽管心里、手上痒痒得厉害，他却能把握住。看打麻将就不一样了，因为手头拮据或是老婆"咬牙"，无样人一般不上牌桌，只是看，看着也能过瘾？能！他伺候着茶水烟卷，笑呵呵地看一桌牌友摸、和、听、炸，自个儿随着麻将场上的进展内心里起起伏伏。有时候遇上红了脸的输家，眼看着吵闹起来，甚至要卷袖子一论高下，无样人就火了："尿样子，关系好才凑一块玩牌，急屁火烧的想干啥？"来——他从后腰里拔出锋利的小匕首，嗖一声插进牌桌——"谁有种动一下试试？还就不信了！"

你在街上走，迎面碰上了无样人，他老远就笑着打招呼，裤兜里又摸出一盒好烟，弹出一根给你发，你说不抽，他歪头讥笑。

无样人结交的圈子广、人脉杂,于是这世上的事情没有他们不晓得的,国家领导人的履历、行程,当地最近的人事变动,娱乐圈里的八卦他们都能掰扯得头头是道。

无样人经常献血,且不要回报。人家回赠了"献血光荣"的雨伞、水杯等纪念品,他一转手送给扫街道的清洁工。那年汶川地震,无样人一摸兜掏出二百块塞进街头的募捐箱,却转身一脚踢趴下儿子:"龟孙子!家里刚吃的饭,花钱买什么糖葫芦?"

一天,无样人不知从哪里搞到了你的手机号码,一连串急促的铃声打来——邀你上他家吃饭,你正犹豫该不该去,电话那头他却似乎觉察到了:"不够意思啊,哥啊,看不起兄弟呀,这点面子都不肯赏?"

你进了他家门,他拉扯着绝对不让你换鞋。你一看,在他不甚宽敞的客厅里已经聚了些生的、熟的面孔,有单位领导的司机,有监所才出来、光着头的"弟兄",还有给娃娃补奥数的老师。

无样人袖子一卷进了厨房,刚一会儿就端出了冷热七八个菜。

你别讶异,一会儿喝大了,他会给你说,自小父母离异,热一口、冷一口自个儿"戳腾",慢慢地手艺就娴熟了——他红着眼圈一再安顿:"哥啊,你看你兄弟多磨难,这苦我谁都没给诉过,你在兄弟心里有分量啊。"说话的当儿他噌地立起来拉过一瓶啤酒,仰起脖子连瓶口插进嘴里,咕嘟咕嘟立马吹瓶见底。

有些事情你还不得不求到无样人。他们高兴了愿意为你接送孩子,换煤气罐,却一般不会跟你借钱。他们不是很阔绰,但似乎老不缺钱花。你问他生财之道,他诡异一笑,趴你耳朵上,嘴中哈着酒气胡言乱语。

有时候,一家人刚坐在餐桌边准备吃饭,门铃响起,无样人来了,他们讲素养,只要按了门铃就不再咚咚咚地敲门。

你邀他入席,他嘴里推辞着不肯上桌,却一屁股坐在椅子上,说能行,尝一下嫂子的手艺。餐桌上,他要是爱吃哪道菜就盯着一气来个十几筷子——毫不掩饰。女主人若是眼见着皱起了眉头,无样人就一抹嘴笑了:"嗨,我说嫂子,你上次说的那个事兄弟包了,咱有关系。"

生活中大概可以少几个官员,少几个教授,却绝对不能少了这些无样人,是这些无样人为平淡无奇的生活注入了一抹绚丽的亮色。

据说无样人去逛超市,溜了一圈什么也没买,出口处捡起块泡泡糖,吼一声:"结账!"掏出名牌的皮夹子,抽出一张百元大钞。

收银员说:"你不是有零钱吗?"

这一次,无样人少见地红了脸,嘴里嘟囔一句:"碎女子眼倒尖,把这钱给老哥破开嘛。"

# 老树着花无丑枝

## ——张思明及其作品印象

"老树着花无丑枝",对于小城延长妇孺皆知的老作家张思明和他的作品来讲,我觉得,拿北宋梅尧臣的这句诗来形容是很贴切、很到位的。

张思明君,中国作协会员,文化部签约作家,原延长县作协主席。他是延长县文学事业当仁不让的早期拓荒者和奠基人,曾有领导赞曰:"延长县的文学事业,全是靠张思明一手带动起来的。"

十七岁生日之夜告别家乡父老,着三号军装进入青海军营,脱下军装又换警服,风风火火、豪情满怀在大西北闯荡了二十多年,人生路上的苦辣酸甜尝了不少。

张思明文化程度不高,但是酷爱文学,从军期间尝试写作,以处女作《小虎》在《青海湖》杂志的发表为标志,或者说为里程碑式的转折。从此这个痴迷文学的汉子信心满满地扑在了文学朝圣的路上一发而不可收,诚如高尔基所言"我扑在书籍上,犹如饥饿的人扑在面包上"一般。

20世纪80年代初期,张思明顶着一个省作协会员的头衔回到出生地延长,在县文化馆收拾出一间房子,宿办合一,创办了"翠屏文学社"和《延长艺苑报》,并亲自授课、组稿、编辑、印刷,"蛊惑"一帮子文学青年着了道,从此"厚重少文"的延长县开始翻腾起文学的浪花。

本是行武出身的张思明却捉住笔杆子舞弄了一辈子。现年六十八岁,著书二十部,洋洋六百万言,玩不转电脑键盘,坚持一支笔、一沓纸的传统耕作方式。想想,真不容易。目前一部三十万字的《拥抱陕北》又呈现在读者面前,老树尚且开花,足见其生命力的蓬勃旺盛,而且花繁、色鲜、味浓,自然"无丑枝"了。

欧阳修曾在《水谷夜行》中形容梅尧臣"文词愈清新,心意虽老大。譬如妖韶女,老自有余态"。虽是老树,不任其衰败,保持妖韶女的心态,尽量着花,一展绚丽之色,一吐馥郁之香,自然为人所爱、所赏、所重。张思明但凡回到延长,就会有一帮子文友争相邀请其"坐一坐"。坐一坐就坐一坐,思明君着大红的夹克或是雪白的衬衫套上灰条纹的马甲,头发乌黑、面皮白净,神采奕奕于上席就座,嬉笑怒骂,侃侃而谈,为年轻人讲述早些年文坛的逸闻趣事。思明君入道早,与圈内很多重量级人物都是好友。他的家里、先前的办公室中均装点着高建群、杨争光、王巨才等人的墨宝,很是令人羡慕,他却不以为然:"都是文友,这些夹人弄对了,混得好一点嘛。"看看,这就是张思明的性情,不唯上,不迷信,在他眼里弄文字的都一样。

文如其人,文品即人品。

文学作品是生命之轮辗轧出的辙印,作家的性格、气质、修养、觉悟、学识、审美情趣就在这辙印中清晰、明白地映现出来。

张思明的笔下，多是高原厚土孕育出来的英英武武的汉子、热烈奔放的女人，其人物形象有不甘寂寞、誓与命运抗争的乡村人物；有高扬理想大旗、豪情满怀的创业者；有锐意改革、大公无私的从政者；也不乏卑鄙无耻、玩世不恭的奸佞小人。

"教书的饭碗叫人家给砸了我倒不痛心，天底下七十二行，行行出状元。我就不信我陈贵生学种果树就不能成行家。"

老汉摸摸他那花白胡子又说："以后就再也不会起泡了，好好练练。你们这代人不能光有文化，还应该有思想，有意志才行。你呀，还缺少点这些。"（《黄土儿女情》）

耿斌看完火冒三丈，拍案而起，在室内踱起了步子，嘴里说："好一个狠心的吕朱！"老汉揉了揉发红的眼圈，说："耿县长，这能算证据吗？"

"现在，耿二杆子不让我们活下去，怎么办？"

"干脆，做了他算了！"黄志鹏咬咬牙说。

"不！咱不能便宜了他，让他生不如死！给他多设些路障！"顾文东奸笑着说。（《耿县长》）

这些鲜活人物的形象出自一个幼年丧母、中年丧子的饱经岁月磨砺的老作家的笔端。从他多年前的《黄土儿女情》到今天的

《拥抱陕北》,这其间有着怎样的心路历程?这是一个大漠荒原上的跋涉者对绿洲的向往,是一个历经苦雨的探索者对阳光的追求,是一个饱经风霜的过来人对美的自然、美的人生、美的未来的探寻和诠释。不管经受过多少凄风苦雨、人生坎坷,他始终不改初衷,不变其志,不减神韵。读这样的文字,即便你没有亲眼见过作者本人,你也一定会想见他的面容,进而窥见他的精神世界。

其实,关于作诗为文的标准,孔夫子早已说过:"诗三百,一言以蔽之,曰思无邪。"无邪即明净、不邪恶。张思明的文字纯朴、自然、真诚、厚实、不事雕饰,品读他的文字犹如吃一碗陕北大烩菜,档次上不一定上得了大台面,但味道可口,营养也十分周全。

"不悔少作"应该是很多老作家引以为豪的事情。当你渐入老境,你可以为自己年轻时的轻狂和肤浅而自责,但千万不要为那时的卑劣和邪恶而悔恨。我想,这可以算是为人为文的一条标准了。而这个标准,就是张思明半生秉持的标准。

"老树着花"这本身也是给"幼树""壮树"做了榜样。"新竹高于旧竹枝,全凭老干为扶持。明年再有新生者,十丈龙孙绕凤池。"——郑板桥的《新竹》一诗讲透了这少与老的关系。老树的老当益壮、老而弥坚的风范也给年轻人以鼓舞、激励。

新秀高于老树枝,雏凤清于老凤声,这大概是必然的、客观的规律。作为晚辈后生,我期待更多的"老树春深更着花",并且"老树着花无丑枝"。期待众多的"老树"虬枝如龙,繁花似锦,形成一道奇丽的景观,引领文学青年一起徜徉在文学朝圣的路途上。

# 辑

# 三

清水锅面,简单得都不好意思再简单,就是在清水锅里煮出来的白面条(也有豆子面条,豆子面条吾乡人称"掐脐子",我至今弄不明白这个意思)。没有什么浇汤,也别指望"菜盖",筷子头挑点盐面,端起酸菜碟子倾点酸菜水,如果能舀一疙瘩油泼辣子调和进去自然是不错的——可是大多时候饭盘子里哪有油泼辣子?辣子不说,油,谁家不金贵?就这样一碗清汤寡水的面条,人老几辈抱着碗吃得香呢。

——《清水锅面,油不老》

# 瓜菜记

棒子一掰、穗儿一捎，地面上抢秋的活计就差不多了。——掰棒子，就是掰玉米，这估计好理解；捎穗儿，在我们老家那块主要是用短柄镰割下糜子、谷子还有稻黍的穗儿，乡民们把这类活计统称捎穗儿。

这些秋粮抢回去，各类作物的秸秆光溜溜、光秃秃地在生机顿失的田野坡洼上继续留守，等大忙过后，寒冬腊月里再把干透了的秸秆劈回去当柴火或是喂牲口的草料也不算迟。

抢农时，捡紧要的活先干了，接下来差不多就是刨洋芋，刨红薯，刨葱，拔萝卜、白菜还有摘南瓜、葫芦啦。辣子是随红随摘，平日里下地就今儿几个、明儿几个捎带了回去串成串挂在窑面子上晒着。

我们老家的收秋基本是按这个套路进行的。

洋芋是乡村里的一样主菜，也是硬菜。洋芋到了巧婆姨的手里是变着花样出现在饭盘里的。炒洋芋丝、洋芋条、洋芋片，里头搁上红辣子角角；洋芋条子和白菜一起熬得烂烂的是很好下口的；囫囵洋芋滚刀剁成疙瘩块使猪板油在铁锅里慢火烀，要是再加些酱猪肉在里头，待出锅时撒一把葱花，那个带劲，现在餐馆里的土豆烧牛肉是不好比的。这几样洋芋菜只是平日里的家常吃法，用洋芋粉作芡漏成粉条那就转化成另一样美食了，就能上席面了。老家离海远，虾片使油炸了吃是后来才出现的，早以前红白喜事的席面子上就上一碟油炸粉条，和盐水黄豆、拌猪头肉、猪肝拌红萝卜一起上桌算凉菜碟子。热八碗里除去炖肉、烧肉、酥肉、丸子等几个荤碗，还会有一碗原汁腥汤烧烩的软溜溜的粉条，里头再配上海带和大白豆，油花浮荡，哎哟——只看一眼涎水都要流下来的。

野地里放火烤洋芋我没尝试过，一般是拦牛拦羊的老汉和后生爱弄的把戏。热灰里拨出焦黄烫手的洋芋蛋子，吆牛打羊的工夫里咬上那么几口，啧啧，野趣十足，想想也是蛮美的。

红薯本来可以独立成章弄一篇，我乘兴就一锅烩了。乡下可不做什么拔丝红薯之类，倒是有油炸红薯丸子和红薯鱼鱼，也不知道具体咋个操作，估计不难，但也绝不简单。平日里没那个闲工夫，一般只在过年时才能吃到炸红薯丸子和红薯鱼鱼，这两样调上白砂糖在锅里一热，爱吃甜的人一伸筷子保准没治了。我奶奶一辈子身体硬朗，活到米寿八十八还能烤红薯哄孙子，自个儿总结是一辈子爱吃个红薯，是沾了红薯的光哩。

南瓜，最深的记忆是和立春这个节令紧密关联的。"立春吃南瓜，活到九十八。"大案板上，一个硕大的、扁圆的红皮子大脐南瓜（这种南瓜甜度大）被一刀砍开，挖瓤去子，刀随案响，开水锅里煮进去，紧火催，慢火熬，半个时辰揭锅，一家老少连吃带喝，香甜的气氛中春天的味道好像真来了。娃娃们搁下碗就跑出门，去留心那窑檐下隔年的燕窝边是不是有了动静。花绿皮子的南瓜适合做包子、饺子馅用，这种南瓜剁成块，和豆角、洋芋加杏仁炖出来也是下饭的好菜。

秋庄稼打了、晒了，颗粒归仓。

辣子红艳艳地在窑面子上挂了几老串，窑后挨挨挤挤堆着南瓜、葫芦，红薯靠着灶台垒起来。家中有粮心不慌。

哦，日子一天比一天短了，就要入冬了。

萝卜拔回来要入窖，萝卜怕冻，冻了就吃不成了。过冬的腌酸菜主要就是腌萝卜。谁家腌菜了，提前会告知左邻右舍，东家婆姨双手端了个筐箩，西家媳妇胳肢窝夹了个礤子，都来帮忙。

你忙着濯萝卜、洗白菜，她帮着剥蒜、切辣子，男人们双腿盘得圆圆地窝在炕头上看，但绝不是袖手旁观，关键时候他们就上手了，那就是擩菜。擩菜是把切好、搅拌好的萝卜条子、白菜叶子、洋姜疙瘩、葱段、辣子角角等一层一层窝在酸菜瓮里，撒上粗盐颗子、花椒颗子，大劲使拳头填瓮擩紧，一层一层收上来，最后用圆硕的石头压住顶子。这是很关键的一个步骤，菜填不瓮擩不紧压不住就发不好，就不脆，还不入味。

一老瓮腌酸菜是乡下早年过冬的重要储备，是顿顿离不开的那口。串门子进了谁家，好客的主家除了端出红枣、花生、炒南瓜子这些大地上的收成，往往还会捞一碟子腌酸菜，散发几双筷子，倒几碗水来招待你。

夹一筷子酸菜，喝几口水，婆姨家淡寡寡地嚼嚼舌头；男人家就着酸菜碟子说不定就得喝上两口自酿的老玉米酒，酒上了头，爷们兄弟挥拳抢胳膊、哇啦吵闹……

一辈一辈也就这么下来了。

瓜菜记

143

## 陈康的江湖菜

延长人吃喝消费"一股风",前几年火了雷家滩饮食一条巷,后来转向城壕一带店面,现如今食客一个劲只往张家园子跑。

起先只在河畔上支几张桌子,烧烤、小菜小打小闹折腾着,慢慢地酒楼、饭肆、大排档呼啦啦地发展起来。最是那"红螺湾海鲜烧烤店"一开张就炸了营,天天爆满,菜稍微上慢了,就有性急的小后生拍着桌子吼叫。

本来北方人不喜食海鲜,延长人则更是挑剔,"臭鱼烂虾"吃不惯,可是这"红螺湾"却开门红。原来人家走的是爆炒、红烧的麻辣口味,再加上"平价消费,高端享受",百十块钱请客吃海鲜,便宜,有面子,本地人就乐于接受。

这"红螺湾"的老板兼主厨名唤陈康,小伙是三原人,国民党元老、大书法家于右任的老乡,个子高、肚子大,为人直爽讲义气,操刀舞勺见功夫。陈老板十六岁就出门闯荡,打过工,当过兵,学过裁缝,后来进了酒店,进了后厨,打荷、配菜,伺候白案、红案,师从川、陕、湘、粤各路师傅,融会酸、甜、苦、辣人生况味,勤奋加智慧竟自成一家——陈康江湖菜。

媳妇美妮楼上楼下跑堂待客，陈康带两个小学徒在后厨耍手艺，猛火灶呼呼地响，大炒锅呼呼地翻。小学徒配菜、打荷，陈老板舞勺下料，后厨油烟呛，前厅菜飘香。

浆水芹菜端上来，红油饺子皮端上来，香辣海瓜子端上来，牛蛙泡饼端上来……冷热荤素，水陆杂陈，哎——呀！性情中人只要动筷子一尝，保准就喊："美妮，叫陈康过来，跟哥几个干一杯！"

说说这菜。

这道浆水芹菜，取新鲜小麦芹若干挥刀切段，小米椒一袋备用，烧锅热油，下红椒段、蒜片、姜片炝锅，下芹菜段爆炒，"把支棱着的芹菜炒蔫塌"，搁盐，加醋，起锅，混合着小米椒一起装保鲜盒，隔日上桌待客——酸爽鲜香，佐酒极佳！一般有酒的饭局至少需三盘才能撑到底。

再说说这饺子皮，一道普通的面点凉菜，几乎各家饭店都上，但就是比不上这陈康烹制得带劲——菠菜、细粉衬底，"袁大头"般大小、均匀的饺子皮十来张散开于盘内，芝麻、香醋、红油混合的汁子浇头，咬一口，那个口感，那个筋道，你在别处吃过的还真就没法比。问陈康诀窍在哪，小伙也不弄玄虚，只说："简单！一般的厨师制作饺子皮用白面做面扑，而我使玉米淀粉做面扑，白面下锅遇水发黏变软，而玉米淀粉则越煮越筋道，窍道全在这上。"哦，简单，你真以为简单？试试就知道没那么简单，揉面的功夫、火候的掌握、浇头的调配学问大了，那不是三两下就能学来的。

还有这卖得最火的招牌菜牛蛙泡饼，这边美妮刚点出去，喊一声"陈康哟，牛蛙泡饼一份"，那边应一声"好嘞，马上"，只见卷袖子捞蛙,开膛破肚,挥刀斩块,操瓢舞勺,噼里啪啦、丁零当啷,几分钟搞定——蛙肉是奶白色的,饼子是焦黄的,配以灯笼小红椒、青鲜花椒粒、翠白相间大葱段,浓稠滑腻的汤汁亮汪汪地泛着鲜香,啧啧,看着就能勾出一百条馋虫。

同行是冤家。

去年夏日,左邻右舍眼看着"红螺湾"热闹红火,就气不打一处来,一个外地小子竟然如鱼得水,大赚特赚,就找碴、挤对,想办法使绊。一伙子熟客小后生示意陈康"需要咋摆平言传一声",陈康连说"使不得,使不得",一边设了饭局,摆了好酒好烟请客,一边传授技艺,指点各家推陈出新,调整经营——"后来都处成了硬伙计(方言,铁哥们)"。

做事先做人,学艺先立德。

一次我有幸被陈康设局相邀,推脱"喝不成",陈老板便"煮酒"论英雄——将啤酒在热锅里大烧,去其酒劲,加入醪糟、枸杞、冰糖,制成"陈氏热啤酒",据说饮之有滋补健身之功效。看看,又是诀窍。席间讨教烹饪技法和经营之道,陈老板呷酒一口正色道:"这世上只有两种人配穿白大褂,一是医生,二是厨子。医者父母心,讲德,厨子也不例外,选材、刀工、火候是其次,人人都能学。一个无德的厨子,菜是肯定做不好的。"

厨而为师,味而成道。

一个厨师的境界到这份上,人家的菜做得好,生意料理得好,那不是情理之中的事吗?

# 好吃不过饺子

冬至要吃饺子，以前我是没在意过的，现在随大流也在这天吃。

饺子，大概是最能代表中国传统饮食文化的吃食了。喜庆团圆的饭桌上离不开饺子，这个讲究无论是达官显贵还是布衣百姓概莫能外。

我老家，人们把饺子更形象地称为"扁食"，本来是取其"新月弯弯"的扁平形状顺口一叫，却又因为谐音"变"，由此衍生出了生日当天吃"扁食"的讲究，自然是期望福降，期望"变化"，老百姓对美好生活的向往随处可以寄托。

记忆中，在西式的生日蛋糕大行其道之前，家人和亲友逢生日都是在热气腾腾的饺子盘边伴着亲人们的殷切祝福与希冀度过的。"前面来了一群鹅，扑通扑通跳下河，等到河水涨三回，一股脑儿赶上坡"——这是童年的某次生日之际，母亲考我的谜语，已经记不起是哪年的事了，可是母亲在氤氲白气的笼罩中，一边下饺子一边教诲儿子的细枝末节翻越了岁月的篱墙，依然清晰可见，历久

好吃不过饺子

弥新。

年三十的晚上，母亲最操心的是她的饺子。一家人围在一起看晚会，吃年夜饭，她不是守着面盆观察包饺子的面团醒发的程度，就是小心地往早已备好的饺子馅里再剁两根葱，再撒一点盐。干了几十年的顺手活却突然在过年的时候让母亲失了往日的自信。

大年初一的开门饺子，其制作成败、可口与否对于母亲来说具有宗教般虔诚的意义，开年的第一顿饭哦，寄予了母亲太多的期望。

惯常的做法是拿礤子把大萝卜擦成柳叶状，在开水锅里焯过，捞出凉凉后捏团，再与剁好的肉馅混合拌好，加入自己加工的花椒面、盐、红葱末，再热一勺小磨芝麻油浇进去——如此一来馅便不会太柴。关于饺子的做法，各家都有各家独有的路数，相信每位母亲所烹制的家常的味道都是萦绕在儿女们舌尖上挥之不去的温馨的、顽固的记忆。

初一的饺子里会包裹几枚硬币。在母亲的逻辑中，谁幸运地咬出钱来，谁就会一年和顺，于是就希望儿子吃到，希望女儿吃到，希望孙子也吃到……家人舞着筷子挑三拣四，母亲不动筷子，看看这个，看看那个，操心着谁会先有好运气。

"妈，你也吃。"

"我着急什么，又不是没有了。"

楼下的步行街开了家饺子馆，取"妈妈手工饺子"做了店招，先不管这饺子的味道怎么样，单就这招牌来说就抓住了人心，博得了食客的心理认同，生意自然红火。这个老板是有水平的。

家乡人吃饺子喜欢蘸蒜泥，还有个令人匪夷所思的说法，说性子强硬的人捣出来的蒜泥味道更为辛辣到位。我的外公脾气不好,性子刚烈。记忆中年节的当儿,外婆颠着三寸金莲,忙活着瓦瓮中舀面,瓷盆里调馅,外公则端坐炕头,一脸威严,手抓着石杵在石钵钵中咚咚咚地捣蒜。我幼年曾留心观察,看不出来他老人家使了什么诀窍,但家里人都说蘸着外公捣的蒜泥吃饺子味道就是好。大舅更是怀旧,说自从外公过世后饺子就再也吃不出香了,原因是蒜泥的味道不够。

我有个嫂子人高马大的,什么营生都干得粗糙。她包的那饺子,个顶个的赛牛头般大,整个一副"不过日子"的架势,偏又好客热情,你只要进了她家门,她还就爱张罗着留你吃饭,赤脚大片溜下炕,要和面给你包饺子。我吃过她包的南瓜馅饺子,饺子边沿没捏实,一揭锅,一锅"汤饺",喝一碗,味道奇特。她看我不太买账,呵呵一笑:"好吃不过饺子,好心要算嫂子。嫂子不管手艺歪好,也算把你这小叔子招待了。"她婆婆在一边恨铁不成钢地撂一句:"纯粹是精尻子撵狼哩——胆大不识羞。"

家乡有借迎娶新媳妇的机会整治新女婿的风俗,一盘热腾腾、香喷喷的饺子摆在面前,小姨子们躲一边掩嘴偷笑,这饺子里暗藏玄机——鱼目混珠地潜伏着几个包裹了辣椒或是芥末的"道具"。性急的或是憨厚些的主,囫囵吞枣地大口下去就出了洋相,自己茶壶煮饺子——有口没法说,害得新娘子也坏了心情,觉得自个儿将要托付终身的这个家伙怎么就这么死心眼。

不晓得有人调查过没有,现如今陪婆婆一起包饺子的媳妇大概没有陪丈母娘一起包饺子的女婿多。如果这献了殷勤的小女婿再能陪老丈人就着出锅的热饺子喝两盅,那这个女婿没得说,肯定会博得媳妇全家的欢心。

# 无肉不欢

我从小生活的陕北乡下，遇红白喜事，逢上光景殷实又讲排场的人家，会几顿席面子全上各类荤菜，谓之"硬八碗"。

这"硬八碗"一上可就带劲了——拌猪头、酱肘子、炸丸子、红烧肉，一水的油腻当道，现在想想怕都反胃，可是在过去清贫的年月里，庄稼人平日里老是"萝卜开会""瓜菜代"，寡淡得厉害，遇上这"硬八碗"可就是猫撵老鼠——逮着了。大人们碍于面子还得端着，你敬我让，只是暗中在筷子上玩些技巧；娃娃们可就不顾那么多了，直奔那碗里最肥厚的夹过去，个子小的干脆站起来，半个身子都趴到了桌子上。一席"硬八碗"下来，再看那些馋猫们——衣服给弄得油脂麻花不说，嘴上是一圈白，像是涂了唇膏——陕北人喜食羊肉，筵席又大多在冬天开设。

陕北乡下，事情过得好坏，除了一班好吹鼓手，一些礼仪规程上的周全，关键的评判标准就在一个字——吃。这"硬八碗"一上，大伙吃美了，事情就算过好了。

所谓民以食为天，食以肉为先嘛。

《水浒传》里的鲁智深,五台山修行,三月不知肉味,"嘴里淡出鸟来了",禁不住了,下山搞得狗腿一条,佐以美酒正大快朵颐呢,却被另外几个和尚发现了,于是好一番厮打闹腾。想想也是,这鲁提辖也曾是"体制内"行走的人物,平日里大碗喝酒大块吃肉,奢靡惯了,出家了每天面对三两个素菜碟子,他不发威才怪呢。

记得小时候,村学校有个师范刚毕业的年轻老师,姓李,浑身活力赛似"东方红"拖拉机,每日里折腾得不行。这李老师白天上完课,晚上指使几个村里的捣蛋小子不是偷鸡就是摸狗,村里人敬老师,不好意思点破,就提前在鸡窝前留好了"活口"等着被"偷"。时间一长都成明事了,家长纷纷托孩子转达意思:"给李老师说,今黑夜来咱家偷鸡。"因为这李老师会做事,他宰了鸡,不吃独食,邀请村干部和左邻右舍一起来聚餐,自个儿还贴酒水,后来都搞成"吃鸡晚会"了。鸡肉在锅里炖着,李老师的双卡录音机播着杭天琪和崔健的歌,村里的年轻人都喝着酒跟着唱。

因为吃鸡多,这李老师的课就上得特别好,板书工整,讲解有趣,歌也唱得棒,村支书常给他上劲:"李老师啊,这见天一只鸡可不能白吃啊。"

我在电视台工作那会儿,有个女同事很豪放,属女汉子,爱吃肉,尤以回锅肉为最。那些年一起出去采访,饭局上请客的单位礼让着点菜,我俩相视一笑,脱口而出"回锅肉"。她有个识人怪论——不吃肉、不喝酒的人不可与之交往,原因是不沾酒肉必然不是痛快人,想想不无道理。

婚后,东蹭西混的生活终结了,家里置了锅碗瓢盆,自然要蒸煮煎炒。为生活硬着头皮下厨房,不几年手艺见长,敢领了同事、朋友上家里设局开饭。从超市采购到开火操刀，再到出锅装盘，手艺之利索，"统筹兼顾"之缜密，颇得好评。

有朋友请教清汤羊肉的操作技法，容小子这里卖弄一下。

羊肉，以羊后腿肉为上，斩成"核桃块"，入水略冲洗，上锅以猛火攻，至沸腾熄火、换水，再冲洗去白沫，置于漏勺沥水后再入锅，添水淹肉（肉与水以1∶3为宜），投入红葱段、花椒颗子、姜块、辣椒，开火猛攻，至沸腾换小火慢炖，再加盐，至骨酥肉烂，可根据个人喜好加入葱花、芫荽，得嘞，咥一碗咥吧。

大丈夫出门报国，回家帮厨，能下得厨房可不是什么丢人的事情。

苏东坡早年在北宋京城为官，因与革新派王安石政见不同，自动请调到地方，后因所谓的"乌台诗案"受到弹劾，被捕入狱。几个月后被贬谪到黄州（今湖北黄冈），做了"团练副史"这样一个挂名小官，其实质是流放。这个时期苏东坡心境之悲凉、门庭之冷落、生活之清苦是不言而喻的，不过那时黄冈一带猪肉比较便宜，苏东坡在贫寒境遇中常亲自下厨煮肉与友人共同品味，曾作诗一首介绍他煮肉的经验，诗云："净洗铛，少著水，柴头罨烟焰不起。待他自熟莫催他，火候足时他自美。黄州好猪肉，价贱如泥土。贵者不肯吃，贫者不解煮。"可见"东坡肉"的研究工作是在他谪居黄州时开始的。这还不算完。宋哲宗即位后，司马光一派重新执政，次年苏东坡奉调回汴京做官，但这时他与保守派在对待王安石新法的看法上发生分歧，于是再次被贬杭州出任太守。那时苏东坡发动杭州数万民工疏浚西湖、修筑湖堤、兴修水利。老百姓为感谢这位太守，便把猪肉、绍兴酒（黄酒）等送给苏东坡。苏东坡则吩咐家人："把猪肉烧好后连黄酒一起送到工地慰劳民工。"哪料家人误认为将猪肉和黄酒放在一起煮,于是产生了意想不到的结果:用这种方法炖出来的肉格外香醇味美,别有一种风味! 此事一时传为佳话,消息不胫而走,人们纷纷传颂苏东坡的功德,同时也纷纷效仿他的烹调技法,从此,"东坡肉"也就成了杭州的一道传统名菜,名扬四海。看看,这食肉者的情怀、这气象多大!

现在的孩子都不好好吃饭,逼得家长寻大夫、找偏方地瞎忙活,以我愚见,只俩字:不饿。可不是嘛,就在刚才,女儿撒娇卖乖不肯食"洋芋擦擦"佐南瓜米汤之素淡午饭。

"不吃不饿?"

"课间吃了。"

"吃了什么啊?"

"火腿肠!"

# 跌入酒窝

酒窝是一个喝酒的去处。

安步当车,从老年公寓三拐两拐随拓峰兄弟进得龙昌园,寻着五号楼,电梯载上六楼,门口品字形堆放些胖大的啤酒罐,门楣一侧,铁艺小架悬一木牌,上头阴刻俩字:酒窝。

敲门进去见魏哥已先到,正在茶案前与酒窝老板闲话。相互点点头,报报家门,再握一握手,就算是认识了。老板姓秦,20 世纪 70 年代生人,于我算是老哥。

秦哥娴熟地泡茶、敬茶。他身后的木架上书酒交错,室内灯光昏黄,模糊可辨书架上有《山海经》,有《教父》,有《亭长小武》和《楚墓》。魏哥一向推崇梁惠王作品,也曾送我一本《楚墓》,我也胡乱翻看过。这个梁惠王曾于北大攻读过古典文献学,狰狞的思想隐藏于不露声色的谈笑中,不难接近,但也不易理解,还有一些痴气。我不太能读得进去。秦哥架上置梁君书两册,我便晓得魏哥这次为什么要局设酒窝了。

酒多是洋文标贴的啤酒和红酒。墙上一把吉他,问:"秦老板能弹?"魏哥一笑:"你秦哥也是老文青,诗酒琴棋皆能。"又说:"秦哥还是本市最牛的瑜伽教练。"我愕然,再看秦哥——打坐椅子上,双腿盘圆,脚心朝上,一脸平和宁静,确有些"梵我合一"的味道。说他经常关了酒窝带着妻小周游世界,说他以前搞建材、做图书早都赚够了钱,说他经营酒窝只是为交朋友,只是图一份自在。

越是有故事的人越是沉静简单。这世上真正的雅人不多了,却不乏精致的俗人。

这是个单元房改造过来的酒吧,或者说是餐馆,也可以说是会所,或者就纯粹是个酒窝,反正是个能喝酒、吃简餐的窝点。

粗糙的红砖分割出几个区域,旧报纸糊了顶,麻片贴墙,墙上突兀一截钢管、几只龙头,挂几个画框,点缀些绿植,中国元素混搭后现代工业风,倒也自成风格。

特点是静。

最不宜那《水浒传》中劫了生辰纲的好汉们啸聚,也不适合欢宴,赌场得意不适合,情场失意抑或一场跌宕起伏的恋爱倒是最宜在这酒窝里绽开。

梅律师来了,小熊也来了,加上魏哥、拓峰和我五人成席。三推两让居然让我坐了条桌的上首。

秦哥亲自布菜,一窝砂煲牛肉,配几个蹄筋、豆芽、青瓜的凉盘,简单精致。酒上了"婴儿肥",一款大师品鉴级的精酿小瓶啤酒。居然能如此命名酒水——婴儿肥。

呵,喝。

五只玻璃杯轻磕在一起,一口下去,像是馨香粉嫩的婴儿屁股蹭在人的脸上,心里那个美。

音响飘送出李宗盛、罗大佑的歌，还有孟庭苇"冬季到台北来看雨，别在异乡哭泣……"的凄凄楚楚。

吃着。喝着。

聊体制流弊，聊司法现状，聊文学、电影，也聊些江湖上的七七八八。后来就说起了我，说起了我遥遥无期的散文集子《远去的故乡》出版的事情。拓峰说他负责插图，魏哥说他包办书号，就又说起房子和车。几个人就你敬、他敬，一杯一杯下去。我心里已经激荡起来，于包里摸出口琴就胡乱吹起，大家居然也能于断断续续的琴声中辨出《枉凝眉》，辨出《喀秋莎》。魏哥就笑，说这年头靠吹口琴，靠文艺范可哄不得红颜。

大家也笑，拓峰这小子也笑。拓峰画画，也拍些商业片，手头颇有些收成，却至今孤家寡人，难觅"巧笑倩兮美目盼兮"那对酒窝。

不知怎么就想起狄更斯《双城记》中开篇的句子——这是最好的时代，这是最坏的时代，这是智慧的时代，这是愚蠢的时代；这是信仰的时期，这是怀疑的时期；这是光明的季节，这是黑暗的季节；这是希望之春，这是失望之冬；人们面前有着各样事物，人们面前一无所有；人们正在直登天堂，人们正在直下地狱。

没料到，这"馨香粉嫩的婴儿屁股"却是后劲够足，小子我也多年酒场行走，平日里也有些缠劲，却被这"婴儿肥"弄得头沉、眼皮子沉，脑子里迷迷糊糊闪现着"君恩许归此一醉，傍有梨颊生微涡"的句子……

完了，完了，小子我今夜是跌入酒窝了。

# 人间路窄酒杯宽

没主意的男人一肚子酒。这是家乡酒场上说惯了的一句话。

咱今天说酒。

苦闷的人生坐下来做甚？坐下来喝酒。

欢愉的人生坐下来做甚？坐下来喝酒呀。

以晚生的酒龄和阅历说酒都不太配，可是"酒壮尿人胆"。下午遇饭局，一通推杯换盏的应酬过后就来了兴致，且让咱乘兴借胆说说酒。

老早以前，比茹毛饮血还要早的时候，一群泼猴在山林的枝杈间可劲地腾挪荡跃、追逐嬉戏，乏了，溜至树下，于腐败发酵的杂果烂叶堆中捞两把大快朵颐，不一时便头脑发热，通体亢奋，活动愈发灵敏自如，山林里顿时乱作一团。

酒的雏形这时候就出现了。

酒这东西，实在应该算作上帝给予人类美好的馈赠之一。酒的出现显然给平淡的人类生活带来了绝妙的调味品，酒也让人类的思想和信仰有了不同的出路和寄托。

酒的起源史书上有明确的记载,基本有一套固定的说法。《吕氏春秋》说:"仪狄作酒。"《战国策》则进一步说明:"昔者,帝女令仪狄作酒而美,进之禹,禹饮而甘之……"

就这样,酒便自然而然渗透到人们的生活中,继而大行其道,杜康爷也就应运而生,担了酒祖的责任。

地域不同便文化有别,酒文化亦如此。法国人喜欢小口呷红酒,演绎着波尔多的旖旎情调。德国人好大杯灌啤酒,还弄出个慕尼黑啤酒节来,持续半个月,成千上万人醉得稀里糊涂的,连执勤的警察也不能幸免。一个堂皇的啤酒节,让喝酒的自我放纵变成了群体狂欢,听着都馋。日本人钟情青酒,街上超市也有售,也不算贵,没有喝过,也没兴趣尝试。我赫赫中华,文化灿烂,积淀深厚,国人偏爱白酒,酱香型、清香型、浓香型,勾兑酝酿,坛装窖藏,经年累月,味醇厚而性刚烈,饮之,沁人心脾,回味无穷,一如五千年之煌煌文化,别有一番滋味驻心头。

两晋时期,酒文化的浪漫挑起第一高潮,"竹林七贤"个个好酒,第一"醉鬼"刘伶高呼:"兀然而醉,豁然而醒。静听不闻雷霆之声,孰视不睹泰山之形。"每日抱个酒坛喝得烂醉,且弄个家仆扛锹尾随,"死即埋我"。这个放浪形骸的刘才子,倒也有些庄子般的逍遥。唐时,酒文化蹿到了顶峰,"人生得意须尽欢,莫使金樽空对月""古来圣贤皆寂寞,惟有饮者留其名",雄奇洒脱的青莲居士在长安街头的酒肆中把盏痛饮,豪气干云,竟至"天子呼来不上船,自称臣是酒中仙"。比比人家,咱这喝酒真叫一个糟践东西,既不能"斗酒诗百篇",也绝无"仰天大笑出门去,我辈岂是蓬蒿人"的倜傥不群。

讲究的喝酒倒不是弄一桌子菜肴,喝得杯盘狼藉、东倒西歪,这显然是酒鬼们的喝法,是下乘的喝法;一盘盐炒花生米,再一盘油泼榨菜,三五好友天南地北、雅雅俗俗是中乘的喝法;一个人独斟自酌,胸中丘壑付于一盏,举杯邀明月,对影成三人,这应该算是上乘的喝法吧?

家乡地处陕北一隅,山大沟深,民风剽悍,百姓普遍种玉米酿老酒,用火烈的刺激来调剂乏味的生活。这种自酿的老玉米酒,酒精度高达六十多度,乡人使唤一种大瓷盅喝酒,一盅顶寻常三杯。通常一盅下肚,神清气爽,周身舒坦;两盅下肚,面红耳热,解困驱乏;三盅下肚,渐入佳境,飘飘欲仙。酒量一般的,三盅过去就差不多了,若贪杯,硬撑,愣往下灌,不是扑地拱墙的死猪相,就是胡喊乱叫的疯狗样。

酒打成为酒的那天,就逃不脱在社交场上周旋。

家乡人把喝酒唤作"闹一瓶",一个"闹"字,活色生香。亲友欢聚,闹一瓶,无酒不成宴嘛;求人办事,闹一瓶,酒杯子一端——政策放宽呀;关系铁了要闹一瓶,酒逢知己千杯少;关系别扭了,那更得闹一瓶,要趁着酒酣耳热之际,才好你来我往冰释前嫌嘛。

人间路窄酒杯宽。

工作压力山大,生活督乱。

奔忙一天须放松,呼朋唤友于夜市上一坐,要一打酒,烤几串肉,吹牛抬杠一通吃喝,不亦快哉!前辈中有唤作张文山者,曾有诗云:"神炉火灶冒紫烟,山珍海味舞翩跹。半生半熟品滋味,玉液下肚赛神仙。"

"酒坏君子水坏路",饮酒过量,不光伤身体,而且乱心性,进而坏口碑、损形象。晚生就曾在酩酊大醉之时说了不该说的话，做了不该做的事，酒醒时追悔莫及，发誓不再喝酒。无奈驳不得盛情架不住劝，"没主意的男人一肚子酒"。

也学了些酒前垫酸奶、酒中饮醋、酒后咬黄瓜的招数，但基本不管用，喝多了照样浑天囫囵，麻二麻三。

某次，酒场上遇一"海量"，遂敬酒一番讨教妙招，"海量"耳授"三个一点"妙招，即求人代一点，杯中剩一点，装醉酒一点，如此一来能少喝得多。得此法，恍然大悟。

晚生自创一招亦是屡试不爽，今日酒后吐真言不妨显摆一下——酒前，借口护胃要露露一罐（大罐的"大寨核桃露"更妙），大口空其罐，然后逢酒便积攒于口中，佯装喝露露之际可通过吸管将口中存量徐徐输入罐中，及至罐满，可大吼"再来露露一罐"。当然，此间照样要拒酒，要装醉，要揉头按腹做不胜酒力状。此技巧非一日之功，须在"杯中日月长"中千锤百炼方可蒙人。当然从"酒品即人品"的角度出发，上述两类做法都不可取，一是欠仗义，二是一旦露馅，那加倍的罚酒肯定会让你吃不了兜着走。

喝酒何能千杯不醉？有人说靠胆儿正，有人说靠肝儿好，还有人说头发长的、戴眼镜的、爱上脸的能喝——这纯粹是胡说八道，没一点道理。

著有《大国学》和《群书治要考译》的石岗老师很会喝酒，他的解释是：智者善饮。初闻费解，后来和石老师交往渐频，酒场上遇得多了便略有所悟。任何场面，无论尊卑少长，但凡上酒，石岗老师皆能来者不拒，杯杯见底，从未见醉。

丙申夏至，"石岗书院"于石老师家乡礼泉县东黄古镇落成，

《群书治要》研究室亦于书院挂牌成立。圈中文人墨客、书画琴棋之友欣然前往。朱门白墙，雕梁画栋，几竿修竹倚墙，满院花木葱茏，草亭石桌上置菜备酒，左邻右舍送红杏鲜桃，谈笑间，石老师频频举杯，环顾左右一一敬之……

晚生酒醒时已是月上中天。隔窗，见石岗老师如老农般闲坐大门墩，敞怀抽烟，凝神静思。摆弄手机间发现微信朋友圈频传老师当日新作：几幅书院美图配着一首小诗——东黄有新家，隐于明月下；徒儿浇新竹，老友提旧话。

## 清水锅面，油不老

这几个字敲出来，舌根下就汪起了一口涎水，啧啧，我的清水锅面！我的油不老！

清水锅面，简单得都不好意思再简单，就是在清水锅里煮出来的白面条（也有豆子面条，豆子面条吾乡人称"掐脐子"，我至今弄不明白这个意思）。没有什么浇汤，也别指望"菜盖"，筷子头挑点盐面，端起酸菜碟子倾点酸菜水，如果能舀一疙瘩油泼辣子调和进去自然是不错的——可是大多时候饭盘子里哪有油泼辣子？辣子不说，油，谁家不金贵？就这样一碗清汤寡水的面条，人老几辈抱着碗吃得香呢。

早些年的乡下能顿顿吃到白面就不错了。

说来也怪，吾乡人不太务菜，在那些麦收的年份，多数人家白馍、白面也是敞开肚子管够吃，可菜碟子里却始终恓惶——夏秋两季还好，至少能有个青柿子拌辣子或是红葱腌萝卜，还可以"辣子蘸盐赛过过年"。剩下两季就清苦了，除了年根和正月里能沾点荤腥，其余的日子就只是酸菜碟子和干腌菜碟子一统天下了。

色香味,老百姓不讲究,讲究不起。

能填饱肚子就好,平白无故、不年不节的吃那么好干什么?

可是,你也别泄气,早些年的清水锅面是有吃头的。早年的麦子好。好地块,农家肥,正儿八经的受苦汉种、割、碾、打,尽心尽力收获的麦子,被天雨滋养过、被流岚亲吻过、被山风爱抚过,也被鸟雀虫鼠侵害过,最后收到场上,装进囤里。

这期间,在日头阳腾腾的好天气里,再接受几次日光的暴晒,容不得水分,要把麦颗内心深处潜在的正能量全部调动出来。

磨眼中金子般的麦颗被灌进去,磨缝里飞瀑般的面粉泻出来。

簸箕、笸箩、粗箩、细箩,层层筛选。

面瓮里的白面渴望一次成功的转化。

有了动静。粗瓷盆、大案板、长擀杖、快刀。一个灵巧的身段,一双麻利、娴熟的手,讲究的是面团的软硬适中,面条的薄擀细切。

硬柴火催开一大锅滚水,面条唰唰下进去。"下进锅里盘蚰蜒,捞在筷头打秋千,咽到肚里怪舒坦",一碗清水锅面,考验的是一个好婆姨最起码的手段。

圪尖带冒捞一碗,一口吸溜下去。爽口,筋道,弹牙。什么味道,还真不好说。哦,是来自大地上的麦子原本的清香,是母亲喂给儿女们的初乳般的甜香。

早年的一碗清水锅面,吃出来的就是这么个味道。忘不了。

一年四季吃清水锅面不难,油不老却难得时常享用。

肥膘肉一块,滚刀切碎块搁热锅里炼,待油几乎出尽,使笊篱捞出的残肉渣儿即是油不老。(不得不感叹吾乡人状物的精妙,谁还能想出来比这更妥帖的叫法?)油香四溢的油不老,泛着褐红的、油光光的那么一种亮色,这可是那年月里难得的一种美味。要是

163

有个刚刚揭锅的热蒸馍——一掰两半,夹些油不老再撒点芝麻盐进去,美美地咬上一口——天老子,眼泪颗子都憋出来了。咋还能憋出眼泪呀?——下口太狠,咽得又急,噎住了!

一回,在西安回民街吃饭,遇上个老头领着小孙子。小孙子拒绝肉夹馍,缠磨着老头要买肯德基的汉堡,老头用滞重的老陕话教训孙子:"我说娃呀,吃啥肯德基,咱这肉夹馍都是肯德基他爷哩!"是啊,想想早年的热蒸馍夹油不老,汉堡算什么玩意呀!

可惜,早年的乡下有肥肉的时候太少,而且肥肉炼过油后也余不下多少油不老。硕果仅存的一点油不老,一般都要撒上重盐封存进带盖的瓷罐里,待客时才能挖一小勺出来,剁碎了搭配些白萝卜、胡萝卜,捏饺子、包子撑撑门面。

油不老萝卜馅的饺子、包子自然没得说,好吃。可更妙绝的搭配似乎不是这样,你猜对了,是清水锅面配油不老。

冒着热气的清水锅面,来一勺油不老拌进去,如果幸好还有油泼辣子能调进去,呼噜呼噜来上那么两碗,唇齿留香,肚子里舒坦,精神上更是得到了极大的满足。这时候,你才会恍然大悟那"辣子蘸盐赛过过年"不过是乡人无可奈何的自嘲罢了。

有清水锅面拌油不老的日子,真叫一个现世安稳、岁月静好。

为文之人都应该尝尝清水锅面的味道,下笔时也尽量不事雕饰,文法自然,清水出芙蓉便是好。那些世人用滥的成语,那些丰腴浓艳的大词正如那肥腻而未炼过油的肥肉,让人难免倒胃口。

唔,是不是有点跑题了?

话说回来,早些年的清水锅面、油不老留给人的似乎不仅仅是舌尖上的美好记忆,那本源的质朴,那香而不腻的醇厚更像是渗入了一种精神。

# 辑
# 四

老人家出身大户。

当年陪嫁来一对杜梨木大箱子，榫卯结构，朱漆打底彩绘了喜鹊登梅，四角包着铜蝙蝠，一把榆林"周记"铁锁咔嗒打开，箱盖一揭，自织的纯棉的格子包裹层层展开：一双千层底方口鞋，鞋底侧帮纳出"万"字不到头，是孝敬公公的；一双"狗舌头"小脚鞋，面子布用了蓝平绒，脚尖挑着对粉白的寿桃，是孝敬婆婆的；一块红兜肚，用缀绣的针法弄出"刘海戏金蟾"的图样，是给小姑子的；一个小枕头，俩顶子是虎头，眉头挑起顶着"王"，耳朵立棱棱的，眼珠子溜圆，啧啧，活了！这是给将来的儿子备下的。

这女红，看得前村后庄的婆姨女子是又艳羡，又嫉妒。

——《讲究》

# 讲究

　　发烧几天了,茶饭不香,头也不洗,今儿照镜子:嗬,头发乱得像复杂的政局。下楼,过街,上理发馆。这当儿,过来审计局一哥们,拉话中说,不急这几天呀,眼看正月完了,等二月二再拾掇。回头一想:二月二龙抬头啊——嗬,这哥们,讲究。

　　老百姓过日子,虽说马马虎虎,该讲究的却也讲究。小时候吃饭,嫌烫,就把筷子插碗里,先在一边玩。妈见了,脸就一沉:"再把个筷子插到饭上,操心把你的手给敲折!"

　　当时委屈,却也不敢顶嘴,只是弄不明白这倒是讲究个什么?

　　大点了,一次随大人祭奠灵堂上的亡人,于香烟缭绕中无意瞥见一碗黄米祭饭,灰扑扑的,一双筷子插在上头,端端地供在小桌上,当时豁然——敢情前头那个讲究是从这儿来的。

　　娃娃们饭前饭后拿筷子敲盆击碗也是不允许的。幼时,有一回我和几个哥哥在夏日槐荫下畅饮砂糖绿豆汤,完了,大哥以筷敲碗,居然弄出一串清亮悦耳的节奏,几个弟弟遂效仿,一时"大珠小珠落玉盘",惊起了头顶上的鸟雀,也惊起了窑里歇晌的奶奶。奶奶门帘子一掀，三寸金莲跌跌闪闪撵了出来，拐棍在当院笃笃蹾响："穷命鬼些，连天晌午的，敲盆击碗，准备后半辈子讨饭吃？"

奶奶平日里宽容、敦厚，难得起火骂人。

老人家出身大户。

当年陪嫁来一对杜梨木大箱子，榫卯结构，朱漆打底彩绘了喜鹊登梅，四角包着铜蝙蝠，一把榆林"周记"铁锁咔嗒打开，箱盖一揭，自织的纯棉的格子包裹层层展开：一双千层底方口鞋，鞋底侧帮纳出"万"字不到头，是孝敬公公的；一双"狗舌头"小脚鞋，面子布用了蓝平绒，脚尖挑着对粉白的寿桃，是孝敬婆婆的；一块红兜肚，用缀绣的针法弄出"刘海戏金蟾"的图样，是给小姑子的；一个小枕头，俩顶子是虎头，眉头挑起顶着"王"，耳朵立棱棱的，眼珠子溜圆，啧啧，活了！这是给将来的儿子备下的。

这女红，看得前村后庄的婆姨女子是又艳羡，又嫉妒。

二舅当年在镇卫生院公干，衣帽干净。二舅喝茶使唤一个装过炼乳的玻璃瓶子，窄口大肚，瓶肚上套一个红绿相间的极细的塑料绳编织的套子。有时候我跟妈在二舅家，看他从容地用拇指启开茶叶罐子，使镊子一小撮一小撮夹起茶叶投进套了花塑料套子的玻璃瓶，再从容地抄起暖壶，冲水泡茶。

不着急喝。

二舅旋上瓶盖，拧紧，手握着玻璃瓶子，眼瞅着花茶在里头起起伏伏，眉眼间满是公家人的优越和讲究。

老姑父离世多年，我时常还能想起他老人家的那些讲究。年节里我们去看他，进了院门，他必笑呼："有朋自远方来，不亦乐乎？"再一手推门，另一手推让你先跨门槛。

添茶要七分满,敬酒必齐杯平。饭菜上来,先拿起一双筷子,当地在红漆盘中蹾齐,再双手齐眉递过来……

老姑父念过私塾,跟过先生,尊崇礼法,言必《朱子家训》,行必"三道路走当庭"。每每忆及,犹似昨日情景。

长安书法家赵西斌有"食虾只牵须(谦虚)不抓虾(抓瞎)"的讲究。我受人之托去他的"大钟堂"求字,西斌老师立于电梯口候我,字写好,晾于书案待干,西斌老师特意翻出景德镇定制的手绘青花茶盏请我享用明前白茶。我坐在他古雅的红木沙发上忐忑啜饮,他又去书房,返回客厅时手里多了幅行草,说:"看你是真爱,给你也写了一幅,写的是唐伯虎《渔樵问答图》的句子——钓月樵云共白头,也无荣辱也无忧。相逢话到投机处,山自青青水自流。"

西斌老师是体制内的官员,书法、文章都是一流,位列"长安四阔"。

延安的文化人,我的忘年交杨葆铭先生,学养丰厚,耿介之士,对我有知遇提携之恩。杨先生生活随意,顺其自然,常常手提一布袋,袋中烟、火、书本、老花镜尔。

和杨先生交往,你请一回客,下一回他必抢着埋单,不然就"没法来往了"。

杨先生吃饭不乱跑,爱去东关一老店。点菜讲究:油炸花生米,得是那种圆硕红亮的"传统"花生米;猪头肉凉拌,蒜泥须重;上个老火锅,鲜白菜、老豆腐、本地的洋芋粉条子层层铺上来,最后用榆林靖边一带的羊肉块子收住顶。锅中咕嘟着鲜香,满座是敬仰的眼,敬仰的耳。先生慢条斯理多讲一些"靠以前……",有时候也说些"当下这事……"。往往似汪曾祺行文中的闲笔,随意铺陈的地方倒暗含着本来要表达的意思。

　　杨先生喝起酒来,就像谢晋当年讲给余秋雨的善饮者的那三点:一是端杯稳,二是双眉平,三是下口深。

　　杨先生为文为人都有讲究,不是逮着啥都写,人不对事,也"好赖不愿意来往"。

　　有一回喝多了,高兴了,我说:"杨老师,您可是讲究人。"

　　杨先生宽厚一笑:"后生也讲究。"

# 泥猪癞狗说品位

哥几个聚一起喝酒,三拉两扯说到了家务事,金龙抱怨丈母娘"泥猪癞狗不会务养娃娃,实在没品位"。我一愣,泥猪癞狗搭配个品位?——有意思!端杯子就和这小子干了一个。

不说邋遢,用了个泥猪癞狗,这话说得值得品味。

什么是个品位?什么算有品位?

品位是三道道蓝的白羊肚子手巾配上黑腰带蹬上方口的千层底布鞋英武起来的后生,是露水地里穿红鞋腰身摆浪圪梁梁上站的小冤家;而不一定非得是巴黎时装发布会上衣冠楚楚、油头粉面的优雅男士挽着华装礼服、大胸长腿的绰约女人摆出来的 pose。

品位是乡下席面子上一碗肥腻的红烧肉片子,碗底衬着青白的豆腐块或是萝卜条,女人颤颤巍巍夹一片起来,实实在在递给自家的男人,背景音乐是那吹鼓手唢呐奏出的悠悠慢板;而不一定非得是装饰考究的西餐厅里,雪白的台布上,七分熟的牛排搭配精巧的蔬菜沙拉,红酒杯轻转于腕上,暧昧的男女在理查德·克莱德曼的氛围里饶舌。品位是火烈的女子"听见哥哥走进来,热身子扑向冷窗台",是"麻绳断了续裤带,我把哥哥吊下来"的死心塌地;而不一定非得是"我们只是打了个照面,整个心就稀巴烂",非得是"死了都要爱,不淋漓尽致不痛快"。品位是写文章不再"夕阳西下",而是"日头磨磨蹭蹭从西山上歪了下去";是不再热衷"跌宕起伏的人生",转而稀罕"扑扑砍砍的半辈子"。品位是当当网上购书翻翻热闹最后选了汪曾祺的《大淖记事》、张中行的《负暄琐话》、石岗的《大记》和方英文的《后花园》,是浇花弄草时突然来了感觉,转身写下"农夫笑我天地小,三尺阳台养春色"的句子;而不是一辈子搞书法,弄了一堆会员头衔,却只会写"北国风光……"和"挥毫饱蘸延河水,神州顿飘翰墨香"。品位还是痴迷了乱石铺街、枯藤斜挂的行、草之后复又爱了端端方方、如棉裹铁的楷书,觉悟到横平竖直是基础也是顶峰。

"鸡蛋壳壳点灯半炕炕明,酒盅盅量米不嫌哥哥穷"算是有品位;"宁愿坐在宝马车里哭,也不愿坐在自行车上笑"算不上有品位。

破帽遮颜过闹市胸中有丘壑,自然有品位;徒有豪车大宅腹内原本草莽,应该没品位。

你开着你的宝骡子还是宝马在十字路口遇红灯烦躁地爆粗口是没品位;你把颤巍巍的老人很有耐心地扶过街,而不去担心"老人扶起还是扶不起"就是有品位。

面对老婆的抱怨,你眯眯笑着,挽袖子进了厨房,开火操勺,刀随案响,再嘘嘘着口哨,恰好还口哨着《斯卡布罗集市》,那你真有品位;你活跃在各种饭局上,呵呵笑着,藏起降血压的药,一杯一杯又一杯,居于门口以服务为己任,他人不慎放了个屁,你赶紧圆场,我肠胃不好，对不起，对不起，那你真没品位。

品位是交警不再对骑三轮蹦蹦的农民工横眉怒目，也不再对挂小号车牌的汽车恭敬行礼；是老师不会要求孩子去指定的书店统一购买火速成才练习册，也不会在排座位时考虑家长是处级干部还是地产老板。品位是老字号的牛肉面只卖到当天中午一点，过点打烊——保证质量，没啦；而不是给蒸馍里掺入卫生纸图白、图暄整日供应。

昨天下午，电视台的美女主播，我早年的同事邀我在豪德堡自助烧烤。她把香奈儿的包包甩在油脂麻花的桌角，不拿捏、不端着，右手生菜卷着五花肉（有品位的叫法大概是"培根"）蘸着酱料嚓嚓大嚼，左手端起粥碗喝得稀里哗啦，间或来几句江湖话。不再像前两年飙一口专业普通话，大谈影视艺术、政坛逸事，也始终没提她老公生日时送她的三系宝马。自助烧烤的桌子隔着我和她，我拒绝 RIO 锐澳喝二锅头，她红茶、酸奶一齐下。她问我老婆的状况，孩子的状况，我剔着牙胡乱应答，脑子里想起柴静和土家野夫在《日暮乡关何处是》里的某些笔触，突然觉得这丫头比以前有品位了。

窗外是初冬的第一场小雨，黄叶一会儿落几片，过一会儿再落几片，铺着石板的老巷子通向车流滚滚的百米大道。尚未拆掉的市环保监察支队的旧办公楼隐藏在繁华地段的背旮旯。我等下午延大的一场"王克明陕北方言渊源学术讲座"，占着老杨办公室的电脑，我啪啪敲打这些文字。老杨，当年睡在我上铺的家伙，伺候完烟茶，窝在我身后的沙发上，夹枪带炮、半生不熟地借用一些"不空传"的老家话规劝我要疼娃爱老婆，要顾家，要闹事业，我居然也没烦这小子。

　　半天没声，一回头，老杨抱本群言出版社新推出的《性文化简史》钻进去了。我在心里想哭又想笑，终究还是笑了，笑我今儿上午过得——还算蛮有品位的。

# 红口白牙说下的话

七宝是单位对面水果店的小老板,平日里嘻嘻哈哈见人熟,就像他店里四季新鲜的瓜果梨枣,人见人爱。

那天进店挑个柚子,见七宝绷个脸,没有惯常的那声招呼。问咋啦,说是有单位挂了些账,几年了不给开,年节上还少不了"看"领导、"看"会计。最近钱不凑手,电话过去催了一下,瞎尻们没一句好话,还伤人哩。

哎——唉,七宝把烟把子一下摁到烟灰缸里,眼皮一眨,口一张:"你说这算卦不掏钱,还要抠瞎眼哩,遇上这种人,我这生意咋做哩?"

文联在广场上办书画展,好多人凑一块看,有的看门道,有的凑热闹。街上骑三轮拉活的二蛋冒冒失失也挤在人堆里看。书协的几个正对一幅本地名家的行草说三道四,各有高论,二蛋斜着眼瞅了半天,撂俩字:"不行!"

嘿,你这二蛋,你解下个甚?你还能懂得书法了?

二蛋不服:"咋就不懂?这字写得和跛子泼尿一样,行行洒洒的,我看,还不胜我娃写下的。"

几个城管在街上堵住个摊米黄的,要罚款,要没收家什。摊米黄婆姨笑脸迎着说好话:"娃念书费钱,房赁也交不起,女人家挣点钱可不容易哩。"

说不行,没商量的余地。摊米黄婆姨哭了:"不让弄,我不弄就行了嘛!"

平娃两口子离开村子进了城,在步行街开了家早餐店。包子馅多皮薄,米汤黏稠喷香,小菜免费送,生意红火蒸蒸日上。可好景不长,手里攒了几个辛苦钱的平娃泡了几次麻将馆,陷进去出不来了。每天小店一关门,搂过钱匣子,急屁火烧就"上庄"去了,老婆哭鼻子抹泪没招。有天早上开门,平娃刚拉开卷闸门,乡下老爷子一阵风闯进门,抬手就是俩耳刮子:"羞先人哩!你他妈的有几个臭钱敢往赌博窟窿里填?打得蛤蟆喂了鳖,牲口挣得叫驴吃了,起早摸黑顶啥了?"

月初,我带俩技术员给基层远程教育站点安装设备,人手紧张,叫村里再来几个人配合。村干部半天组织来俩老汉,一个还疾病缠身,腰疼得不肯出力。

算了,算了,司机郭子两把撸起袖子,一边抄起了打孔机,一边招呼我:"靠小姨子养娃没指望,咱自个儿上手吧!"

# 闲话四大难听

抠锅、发锯、驴叫唤、石头旮旯儿拉铁锨,被乡民们戏称"四大难听",那些曾经生动无比的声响不知什么时候就逃离了我们的生活,似乎在静默的岁月深处等待着我们对渐行渐远的旧时光致以深深的回望呢。

## 抠锅

刺刺、刺刺、刺刺……

黄铜锅铲与黑铁大锅制造出来的交响不绝于耳。遗憾的是现如今装备精良的厨房里却再也听不到那生猛的抠锅声了。

占据着"四大难听"首席位置的,当是农村那种大铁锅的抠洗过程。这种大铁锅直径足有一米,甚至更大些吧,一般视家庭人口的多寡而定。

木风箱呼呼拉动,灶膛中柴火正旺。

大铁锅里,底层翻滚着小米汤,蒸屉上卧着雪白的馍馍或是米黄的团子,周围是一圈挤挤挨挨的红薯、洋芋、豆角或是树上刚打下来的鲜枣,聪明能干的农妇巧手善炊,一口大锅烹饪出一家老小的主、副食。

山野里,耕云播雨的男人要及时补充能量,于是这饭就颇显重要、急切。娴熟的双手飞速地端、盛出锅内丰富的内容,先恭敬地递于炕头上的老人,又唤回窑院里捣蛋的小儿:"手洗了,给你大送饭去!"然后趁着旺火热锅再张罗猪、狗们的吃食,之后,煳里麻杂的大铁锅便需要一番抠洗才能彻底干净。

火辣辣的性格不容邋遢,于是顾不得自个儿饭碗渐凉,刺刺、刺刺的声响就急切、欢快地响起。

辛劳的乡下农妇,一辈子围着男人转,围着孩子转,围着灶台转,这刺刺、刺刺、刺刺的声响于她们是耳畔听得惯的曼妙交响,即便有时候会有男人"聒死老子了"的骂声骤起,她们也不会计较——低眉顺眼地一笑,灵动的手腕继续着细抠慢铲。

早些年,乡下的女人要生了,没有上医院的意识和条件,娘家老妈在炕上准备好温热的草木灰袋子,再抄起一把大剪刀,一阵手忙脚乱就完成了一个新生命的接生过程。在她们看来,女人生娃娃不过是瓜熟蒂落般的自然。

平日里粗拉拉的汉子这时候会亲自熬制一锅香浓、黏稠的小米粥端给流过血淌过汗的媳妇,汉子的眼神里是无限的温柔,手里破天荒地抄起了锅铲,于是那刺耳的声响和着新生儿响亮的啼哭,像温柔而有力的小拳头打在人的身上,打在人的心里。

刺刺、刺刺、刺刺……

温暖的窑洞里五谷飘香。

刺刺、刺刺、刺刺……

温情的窑洞里生机勃勃。

难听乎？

不难听！

## 发锯

发锯，就是锉锯条。

发，即磨快使之锋利的意思。《新唐书》"发刃彀弓"与《庄子·养生主》"刀刃若新发于硎"中的"发"即与此同。

锉刀与锯齿短兵相接，铮铮铮的磨锉声高低错落，欲止又起。是谁家请了木匠师傅在窑院里套门窗、打家具或是备寿材，总之是工艺繁杂而又量大的木工活，锯条难免会钝，便需要发锯这个准备工作，或说是修复措施，是所谓"工欲善其事必先利其器"。

发锯是一个好木匠的基本功，就好比一个优秀的二胡演奏家总得会自己调弦一样。

大哥是一个好木匠，他十九岁的时候就学成了手艺，在方圆几十里的家乡小有名气。大嫂子是在大哥为她家做木工活的时候看上大哥的，再准确些说，是在观看大哥发锯的时候动了心。

那时候的大哥还是一名小学徒，他师从家乡最有名气的老木匠，老木匠考验大哥的方法是让大哥发锯。解木料的大锯、中锯、小钢锯，发锯的平板锉、三角锉、菱形锉铺排在大哥的面前，哪种锯齿适用哪种锉刀，需要什么力度，从什么角度切入，这是个需要眼力和耐力的活计，浮皮潦草的小后生是过不了这一关的。大哥过了这个关。

那一阵子，大哥随师傅在他后来的老丈人家里做木活。一把把锉刀在大哥手里灵活地应用,随着铮铮铮的声响,大哥把那些大小、长短不一的锯条收拾得狼牙般锋利而光亮。跑前跑后端茶递水的大嫂子看着大哥那张弛有力的臂膀,那专注认真的眼神,心思就活泛了,就悄悄地在"小木匠"的水缸子里加了白糖,在面碗中卧了荷包蛋。大哥也偷偷地做了一只精巧的妆奁匣子——榫卯结构并且上了清漆,送给主家的女子。

两个年轻人就这样订了终身。

大嫂子后来说,那时候憨啊,看着"小木匠"见天地埋头发锯,从不喊苦叫累,人实在、稳重,又手巧,就相信嫁了他肯定能过个好光景,于是便觉得那铮铮的发锯声比小曲还悦耳呢。

大嫂子看人准。那个当年发锯的"小木匠"与时俱进,现如今干着室内设计装潢的行当,事业顺风顺水,日子宽展红火。

## 驴叫唤

嗷嚎噢、嗷嚎噢、嗷嚎噢……

如果,你有陕北乡下生活的经历,并且你不是个麻木、迟钝的人,那么你一定不会陌生那毛驴的叫唤。那奔放、高亢、激昂的嚎叫在山沟中、在坡道上婉转回荡,随着那直击心扉的毛驴的嚎叫,红酸枣骨碌碌地从崖畔畔上滚落下来。

陕北乡下鲜见高头大马,牛也不是很多,除了光景优越的家户饲养骡子,大家畜中毛驴是最寻常的牲口。

牵犁、拉磨、驮粮、送粪,毛驴是庄稼人蛮可靠的帮手与最忠实的朋友。

一场繁重的劳作过后,啃嚼过主人顺手从地畔上拽下来的几把苜蓿,闲下来的毛驴放松筋骨,四蹄朝天打起了滚,伴随着腾起来的滚滚尘烟,一骨碌爬起来的毛驴放开嗓子嚎叫起来……

大雪封山的冬日,殷勤的小女婿赶上驴车,车上坐了红袄绿裤的小媳妇,行进在回娘家的山道上。四野寂寥,瞅着车上那一颠一颠的俏身段和勾头飞眼的俊模样,小女婿禁不住扯开了嗓子:"……砍脑鬼的娃娃哟,你咋还不睡?你干大在门外头活受那个的罪……""哎呀,不要唱了!难听死了,唱得和驴叫唤一样。"小媳妇顺势就在车辕上朝那瓷实的屁股上蹬了一脚。"嗯,驾!"挨了踢的小女婿啪地甩一个鞭花,毛驴欢快地跑起来,"咯咯咯……""哈哈哈……"一连串的笑声骤起。此时的毛驴却知趣地喷着响鼻,嗒嗒前行,默不作声。

山回路转,突然有炊烟袅袅升起,有鸡啼隐隐传来,间或有婉转悠扬的唢呐声响起,一座村庄出现在面前,像是受了启发,或是预先告知,毛驴通了人性一般地叫起来——"嗷嚎噢、嗷嚎噢、嗷嚎噢……"那酣畅淋漓、转腔换调、抑扬有致的嚎叫声犹如九曲十八弯的黄河,在漫长的乡间时光里缓缓流泻。

岁月悠悠,可爱的毛驴陪伴着千古诗人一路走来。

李白、杜甫、贾岛……这些随情任性、浪漫不羁的群体,骑坐在驴背上,优哉游哉,凝神思索,推敲吟诵。于是晚生不禁联想——那些个驮着精神骄子的毛驴时日一长,耳濡目染说不定也具备了诗人风范。它们闲暇之余,倚墙偎树,深情凝望着远坡近堤、花红柳绿,或许就起了诗兴,朗然吟诵起来。想想,那腔调一定缠绵悱恻、婉转悠长,比现如今那些装模作样、以诗人自居的伪文人驴唇不对马嘴的打油诗不知道要强多少呢。

## 石头旯旯拉铁锨

刺里嚓啦、刺里嚓啦、刺里嚓啦……

想象一下,铁锨遭遇乱石堆所产生的听觉效果。大多数情况下,这刺耳的声响大概真是讨人嫌的。

铁锨由两部分组成:一为木柄,一为铁槽。如果说自然随意、谦和、朴实的天性代表了木柄的话,那么农人起早摸黑、春种秋收、生生不息的韧性,就代表了锋利的铁槽。与土地朝夕相处、厮守终生就是人与自然的完美结合。也就是说,一把铁锨的存在方式,便是农人亘古不变的生活方式。

铲掉院里和路上的积雪用得着铁锨;修路筑坝用得着铁锨;植树栽花,运送粪肥,为牲畜圈里填进干土用得着铁锨;人殁后,到田野里挖下葬的坟坑,也用得着铁锨。

于是,随着庸常生活的展开,铁锨便奋不顾身地向前开拓——毅然决然地铲插进土地,铲插进石缝,铲插进岁月的深处。铁槽锈了、卷了,木柄弯了、折了,便知趣地躲起来,静静地躺在时光的角落里,不再发声。

我有个同族的堂兄,早年曾在偏远的乡镇做着父母官。那是个山大沟深、交通不便的苦焦地方,乡民们一年四季难得出山,甚至有的人一辈子都没见过外面的世界。

任期内,堂兄卷着袖子,扛着铁锨,带着干部和百姓们不辞劳苦,向大山宣战,凭着一股子愚公移山的劲头和整整三年"石头旯旯里拉铁锨"的艰难历程,硬是打通了通向山外的道路。

当汽车开进镇上的那天,整个山沟里沸腾了,人们全然忘记了一千多个日日夜夜的苦累,只顾在那凝聚了血与汗的蜿蜒山道上奔走相告,喜极而泣。

刺里嚓啦、刺里嚓啦、刺里嚓啦……

细细品味吧,去品味那劳动人民在劳动过程中,在改造自然、创造美好生活的过程中所制造出来的铿锵声响。

——你,还会觉得难听吗?

# 八月十五月儿圆

　　窗外，是圆的月亮，白的月光；屋内是淡淡的团圆的气氛。茶几上摆放着月饼、水果和其他吃食。父亲和母亲坐在电视机前惬意地欣赏《秦之声》中秋戏曲晚会，宇儿和豆儿屋里屋外旁若无人地追逐嬉戏，挥洒着无边无际的快乐。

　　我又回到了久远的童年……

　　在小时候生活的乡下，中秋节，人们更加地道地称之为"八月十五"。在月亮将圆的时候，乡上会举办三五天的庙会，也是市场经济初期应运而生的物资交流会。十里八村的人们放下了整整一个夏天的忙碌；三乡六镇的商贩带来了外面世界的新鲜；山峁峁上，县剧团的秦腔班子早早搭起了戏台；摩肩接踵的人群相识的相互大声问候，谈论今秋的收成，说道彼此的见闻。

　　这时候父亲牵了我的手，或者干脆把我架在他的脖子上，在熙熙攘攘的人群里招摇过市。我很以这样的待遇骄傲，父亲也因为我而骄傲。

　　我们会不时地在小贩热情的招揽下停下来，买下大红的果子、水灵灵的紫葡萄、热乎乎的煮花生,一股脑儿装在母亲缝制的花布兜里。这还不够,就在供销社的门前,忽然飘起了五颜六色的气球,得赶紧过去瞅瞅……

秋老虎也厉害!日头亮亮地照了下来,父亲脱下我身上的毛褂子,掏出手巾擦我的脑门。这时候刘一手烩菜摊的葱油味活色生香地飘了过来,我自然就饿了。

好一个刘一手,这菜果然就带劲!黄黄的萝卜切块,胖胖的白菜成段,豆腐真嫩,粉条好长,肉也舍得搁。刘婶张罗着称油条,父亲去拿筷子,我的手着急慌忙地直奔着碗里捏去。

村里的山娃说:"粮站院子里安徽人在耍猴。"毛毛说:"还是庙院里竹圈套皮球有意思。"该去哪儿呢?

兜里的东西连吃带糟蹋得差不多的时候,一轮圆月慢慢地从东边的梁上爬了上来。这时候,板鼓咣咣咣地响起来,渐渐地锣鼓也震天地敲打起来!父亲赶紧去学校里找熟人借凳子。前往戏摊的路上就有人说,今晚是武戏,演《金沙滩》。我琢磨着,金沙滩里该有骆驼吧?那可得好好看看。

天哪!戏摊里早就里三层外三层挤满了人,这可咋好挤进去?——哎,那个提溜着喇叭、戴红袖标的不是三彪吗?我赶紧戳父亲,三彪是乡联防队的,收粮的时候来我家喝过酒。父亲唤"三彪,三彪——",他听见了,跑过来接过父亲递上的兰花花烟,点燃,就推着我们拥进了前台,来不及放下凳子,红绸布唰地向两旁拉开,戏就开演了。

父亲爱秦腔,他还认识演杨六郎的武生樊刚军。我说给山娃听,他偏不信:"演员都是城里来的,谁还能认得?"哼!我一把从他手里抢过我的塑料哨子。

台上,十几盏灯泡亮亮地照着。演员们花花绿绿地拿着刀枪生龙活虎地打斗,打着打着停了下来,颤颤巍巍地从幕后出来了青衣和花旦,咿咿呀呀地唱。我对这个闹法很不满意,抬头问父亲咋不比武了,父亲摸摸我的头,笑而不答,一边把剥了壳攒在手心的花生仁一颗颗塞进我的嘴里……

月亮不知啥时候悄悄地挂在了当空,台上一个老旦莫名其妙地哭诉起来。周围,人们说着些什么,我渐渐困了……梦里,我挥舞着片儿刀,锵锵地跑龙套,突然一个龇牙咧嘴的花脸挺着长矛刺了过来,"啊!"我叫出了声。"小子,做梦啦?"父亲耸了一下肩。这时候才发觉,我已伏在父亲微驼的脊背上一耸一耸在回村的山路上了……

虫鸣,犬吠。

白白的月光下,父亲双手背后来钩住我,重重的脚步腾腾地走,一个重叠的影子一会儿在崖畔上,一会儿在路上……

远远地就眺到家里的灯光。

大门吱呀一声开了,一只猫从老榆树上悄无声息地溜下来,母亲打着手电筒已经在窑前等候。微黄的灯晕下,妹妹睡得很香,我从兜里掏出两颗攒着的红果轻轻地放在她的枕头边……

# 过年

年来了，

来在我一点心理准备都没有的时候。走在街上，人多，货多，一切热闹纷繁。

好厉害的中国年！活像最初传说中的猛兽。人际交往在这个阶段表现得最为活跃。欠别人的，别人欠的，都要赶在年前算清、理顺、摆平。钱流转得也更快，这要买，那也得置办。长辈们要孝敬，领导要拜见，亲朋好友之间也该走动走动吧？人情世故、三薄两厚，超市里的年货架上，简装的、精装的、礼盒装的各类东西，在区别货物的同时自然而然地把人也分了个三六九等。对方是谁，该选什么档次的东西，购者心里不糊涂。在长长的日子里人们积累了丰富的经验，足以人情练达地应对年节的考验。

不知道为什么，当我不知不觉地成为一个城里人的时候，却越来越深切地怀念小时候乡村里的生活。记忆中乡村里的年是温暖的，是滋味悠长的。

一进腊月二十三，人们似乎忘记了阳历的计时。"二十三敬灶神,二十四磨豆腐,二十五……"。年开始倒计时。女人们在这个时候最为忙活,里里外外大扫除,炸糕、蒸馍、做豆腐……一年的辛劳都有了回报,男人们此时倒像养尊处优的干部,嘴里叼了纸烟,双手互插在袖筒里,三个一摊,五个一堆,在村道旁、在涝池边闲话。女子家玩花,小子们放炮,娃娃们尽情释放着无尽的欢乐。整个村庄被喜庆祥和的气氛包围着。

村头扬起了滚滚的黄尘,最后一班客车开来了。大包小包的,拖儿带女的,村里出门在外的人回来了。不管他们是达官显贵、白领蓝领,也不管他们在外如何人五人六、风光十足,回到村里他们就是"三娃",就是"二狗子"。他们不得不处处掩饰着自己卓尔不凡的气质,谦和地、入乡随俗地和老少爷们混在一起,大方地散发着带把的纸烟,对他们儿时偷西瓜、掏鸟窝的淘气事毫不忌讳,津津乐道。

白麻纸上窗花艳,土窑洞里热炕暖。

外公外婆被接来过年。他们坐在炕头上,指教父母做酥肉、炸年糕,豁牙漏气地一再强调,头一碗出锅的先敬神。

隔壁三爷家,几只鸡扑棱棱飞过墙头,猪没命地嚎叫。"杀年猪喽! 快去看!"墙外不知谁唤了一声。我和妹妹慌忙撂下碗筷往外跑,我抹一把油腻的嘴,回头看,妹妹还吸溜着一根来不及吞下的粉条。

好热闹! 三爷和他的小子们正忙乱地抓猪腿、拽猪尾,三奶奶颤颤巍巍地端着盐水盆盛猪血。动作麻利的杀猪匠五魁精通庖丁之术,三下五除二就把一头肥猪肠肚下水、肋条排骨清汤利水地分在两块案板上。唰地一下,一个臊烘烘的东西扔了过来,娃娃们一扑而上和狗去争抢,这是猪尿脬,使劲吹圆了就是一个"足球"。

近了,近了,在娃娃们掰着指头数天天的期盼中,年三十到了。一大早,被扫过无数遍的院落,再扫一遍。早饭一罢,长辈们领着孝子贤孙和刚过门的媳妇,小筐里提着各类零碎的年茶饭,虔诚恭敬地去上坟。"若要富勤拜墓",在那个农耕文明的时代,人们把一年的灾病祸福全冀望于在天之灵的护佑。祭奠剩下的供品,长辈们一一分发给晚辈,说食之辟邪、降福云云。这一天连平时最爱拌嘴闹架的夫妻也空前团结起来,相敬如宾。再淘气再捣蛋的娃娃这一天也不会挨骂,因为过年了嘛,家家都讲究和气,图个吉利。

贴春联是很重要的环节,这几天村里能笔走龙蛇的老者很是吃香。各家的掌柜都拿着红纸,揣着好烟,毕恭毕敬地去求字。再看这老者翻腾出一年未用的文房四宝,于当院向阳处置一桌一椅,端姿坐定。龙飞凤舞中诸如"向阳门第春常在,勤俭人家庆有余""一脚踢出穷鬼去,双手迎进财神来"之类的联儿就抖了出来。

粮窖上贴"五谷丰登",磨道里是"青龙大吉",槽头上自然有"六畜兴旺"。

入夜,大红的灯笼亮了起来。早已按捺不住的小子们噼里啪啦放起了鞭炮,女娃们手忙脚乱地帮着大人往炕桌上端年夜饭。宁穷一年不穷一天,各家的七碟八碗里,酥肉、丸子、爆肚、灌肠一色儿的荤菜,庄户人家一年四季清汤寡水的,趁着过年要狠劲补足油水。一家老小团团围定炕上坐,互相敬酒,说着祝福的话。嘴甜的、机灵的娃娃自然会多得几个压岁钱……

入了正月就一天天暖和了。男女老少都穿着新崭崭的见人衣裳在村里闲转。远远地,唢呐嘹亮地响起来,谁家迎亲的队伍从村

过年

对面的山峁上起起伏伏地过来了。披红戴花的骡子驮着顶了大红盖头的新媳妇,《大摆队》欢快激昂的旋律从唢呐腔子里直往外冲,成串的"大地红"电光石火般炸响。这场景撩拨得茂腾腾的后生和毛头的女子在看热闹的人群里偷偷地交换了眼神。

此后的日子里,在放羊的山坡上,在剪窗花的窑洞下,一种生命里最原始、最美好的希望开始在胸腔里慢慢升腾……

去憧憬美好的生活吧!

新的一年开始了。

# 引蛋

在农村生活过的人估计对这个词不陌生,或许应该还有几分亲切吧。

母鸡下蛋的时节到了,为了防止鸡四处乱跑下野蛋,聪明的农妇会在预设好的产蛋窝里铺上柔软的草屑、麦秸,然后再放置一枚鸡蛋,这枚鸡蛋会起到引诱母鸡将蛋产到"指定"产蛋窝里的作用,一段时间后形成惯性的母鸡就再也不会四处下野蛋了。

一枚"引蛋",使得母鸡四处产蛋的自然性得到了引导和牵制。

母鸡如此,人又何尝不是这样呢?长久以来逐渐形成的主流价值观、核心价值观就像那枚"引蛋"一般,引导和规范着人们的言行,约束着人的自然性,使得我们共同生活的社会尽可能秩序井然。当然相较于鸡,人要复杂得多,这个复杂得牵涉到人性和社会治理的问题就交给哲学家和政治家们去操心好了。

我在这里讲一个小故事。

小时候村里有个蹲点干部,这位同志手里掌握点民政救济的权力。他时常在随身带的公文包里装几枚鸡蛋去走访农户,纯朴的老乡一见到他难免热情地招呼他，拽他进屋喝水、吃饭什么的，他就说："哎呀，可不敢拽我，我这包里村西头三娃家给装了些鸡蛋，小心碰坏了。"此话一出，绝！起到了"引蛋"的作用，农户人家一想：三娃家给了鸡蛋，咱家不给也使不得啊！于是"非给不可"地往他包里再添一些鸡蛋，如此循环往复，这位同志家里的吃鸡蛋问题便得到了有效解决。

这位"引蛋"干部工作认真敬业，印象里他春风拂面、待人和蔼，经常走家串户解决问题、化解矛盾，还曾垫着工资为困难户买化肥，在村里人缘很好，颇得拥戴。

老百姓一贯厚道啊，只要肯为民办事，套哄几枚鸡蛋吃又算什么事。大家说呢？

# 拽脸

小时候生活的乡下，热天里常有熟人领了邻村的亲戚朋友串着门送西瓜，来的人都呵呵笑着，说，看这天能把人热死，送些西瓜来，叫娃娃们吃去。绿莹莹的瓜皮上，分明清清楚楚地号着斤两，诸如"十二半""九三"，意即十二斤半、九斤三两，可没人提一个钱字，大家心里明镜似的，但彼此心照不宣。

过段时间，吃了西瓜的自然会找个机会把瓜钱如数付给送瓜者。明明是买卖，却不点破，乡下人把这种商业行为称作拽脸。

乡下人羞于言商，连买个西瓜都要如此委婉，当然，之所以会这样，跟早些年市场经济的欠发达有密切的关系。

今日上午，有一本地高产作家抱了数十本自个儿的"拙作"笑呵呵地来单位，一番"题赠"，说离岗了闲不住，说一直爱闹这事情云云，当然过段时间会开来发票。这位作者是我尊重的前辈，品读着他的文字，我忽然想起了拽脸这回事。

社会发展了，拽脸也由物质而转精神，这是君子爱财取之有道，这是时代的进步。

# 一幕

一宿酣睡，清晨醒来方知淅淅沥沥的雨整整下了一夜。下楼，扑面而来的是湿润、清新的空气，周围的景物也像是被过滤了一般纯净透明。初秋时节，一年中最宜人的季候，再加上昨夜的一场透雨，又是清晨，想想吧，该有多惬意？

享受着这美好的清晨，我朝早餐铺走去。

广场上晨练的老人拉开了架势，背着书包的小学生三三两两地走着。

经年累月的车水马龙，经年累月的川流不息，在老街上留下了时光的痕迹，不尽如人意的是点缀在这时光痕迹里的一摊摊积水。我提着裤管，尽量放轻脚步，以免打湿在"翰皇"精心保养过的皮鞋。好在只是一小段，前方的街面已经被清扫得利利落落的，果皮、落叶，杂七杂八的垃圾给收拢成一小撮一小撮的，大扫帚留下的痕迹清晰可见。

街口上，一个"黄马甲"安静地蹲着，走近了一看，是一个瘦小的中年妇女，她正对着路面低洼处的一汪积水出神——一双半旧的雨靴套住了小腿,不太合身的黄马甲后摆触在了地上,花白的头发整整齐齐地梳在脑后,窝进挂在后脖颈的草帽里,前额有一绺头发耷拉下来了。她伸出右手轻轻地在水面上蘸了蘸,然后分开五指去拢头发,薄薄的水面上模模糊糊地映出她清瘦的面庞。一把细竹条的长扫帚、一只白铁皮的垃圾斗静静地躺在一边。

她约莫五十来岁的样子,是我母亲的年龄。我突然受到了某种触动,内心开始涌起一种无法言说的情愫。

多么美好的一个初秋雨后的清晨。这个似我母亲般年龄的清洁工在一段劳动的小憩中突然发现了映在水中的自己,蹲了下来。

她有多长时间没有认真地在镜子中端详过自己了?这一汪清水勾起了她对年轻时候的回忆吗?她又发现了什么?是韶华易逝、容颜不再?是历经生活打磨后的风雨沧桑?抑或是别的什么发现?不得而知。

丈夫呢,可能在乡下的田园里劳作,也可能就在这个城市中的某个工地干些扛、背、推、拉的活,还有可能就蜷在某个出租屋的病床上呢,不得而知。

孩子们呢,是在乡下老家的田地里挥汗如雨?是南下北上地闯世界?不得而知。

在这样一个初秋雨后的清晨,在一段劳动的小憩中,一个女清洁工静静地蹲下来,对着一汪清水自然而然、不卑不亢地蹲下来,蹲成了一幅超现实主义的唯美油画。面对此时此刻、此情此景,任何伟大的画笔,任何精妙的技法都是拙劣的,都是难以表现、难以传神的。

她依然静静地蹲着,静静地对着一汪清水出神,我悄悄后退几

一幕

步,转过身子。

　　秋意渐凉,我的内心始终珍藏着这样一幕,这样让人温暖,给人以美,给人以力量的一幕。

# 一枚戒指

这是一个听来的故事。

朋友的奶奶去世了。守在火堆旁,聆听着悲怆哀婉的唢呐,喝着滚烫的烧酒,我们为这位可亲可敬的长者送行。

像我们大家的奶奶一样,朋友的奶奶是一位纯朴善良的女性。一辈子含辛茹苦、勤俭持家,用一颗仁爱的心、一双勤劳的手拉扯了八个儿女长大成人。之后又责无旁贷地承担了几个孙儿的抚养任务。奶奶七十大寿这天,孝子贤孙欢聚一堂,并为老人送上一枚戒指。千足金的料,镶嵌了珍贵的红宝石。老人一世艰辛,儿孙们用这样的方式来感激老人的养育之恩。前碥的张婶,后村的王奶奶,儿女们在城里出息了,她们的手上都戴着这样的一枚戒指。好几次,朋友的奶奶对人家的戒指流露出羡慕的意思:"而今日子好过了,时兴这个。"现在如愿以偿,奶奶孩童般的激动和高兴让儿孙们也很欣慰。"那会儿嫁给老头子时也没见过这么好的宝贝。"

之后的日子里,奶奶还像以往一样,不肯住到城里。只是依旧操心各家的生活,念叨顽皮的孙子。每次儿孙们回家,花生、红薯、老南瓜都往车厢里装……

快到年根了。突然有一天，村里打来电话，说一向硬朗的奶奶病倒了。朋友一家急急地赶回乡下。"我该死，我把戒指丢了，我该死……"奶奶用微弱的声调颤颤地絮叨。这是什么大不了的事，戒指丢了，重新买一枚嘛。可是奶奶却因此病倒了，而且病得不轻。

"已经半个来月了，她几乎水米不进，每天只是念叨'我该死，我把戒指丢了'。"村里的张婶说。

快过年了，奶奶套上驴在碾道里碾米，准备做年糕。城里的年糕口感差，为了儿孙们饱口福，奶奶每年都要亲自动手做好多。

碾道在一个阳湾里，有日头的天气暖暖的。毛驴拉着碾子，奶奶操着笤帚跟着转圈，一边把碾出来的谷粒扫进碾盘。有时候阳光照在戒指上，红宝石光彩夺目地闪耀在奶奶的眼里。想起如今的生活，吃不愁，穿不愁，儿孙孝顺，媳妇贤惠，这时候奶奶会陶醉地哼几句小曲。

卸碾、吆驴、扛米……一阵儿忙活后回到窑里，奶奶突然发现戒指不见了。这可了不得！奶奶赶紧去碾道里找。可是找来找去，愣是不见那枚戒指。奶奶一下子瘫坐在碾道里。

刚一会儿，奶奶又爬起来，急急地赶回家里拿来扫帚、簸箕。她把碾道周围里里外外的尘土、杂物统统扫拢，一簸箕一簸箕地端回院里。这还不算，奶奶又抄起扫帚把院子里、大门外、窑坡上，凡是她当天去过的地方都扫了一遍。这下，院子里堆起了小山般的尘土、杂物。奶奶翻出罗子架起来，像罗年糕的米一样罗起了那座"小山"。奶奶一边罗土，一边仔细地拣出碎土疙瘩，细细地捏碎，如此这般，一遍又一遍地重复。扬起的尘土扑在她的身上、面颊上,奶奶灰蒙蒙的,活脱脱地成了一尊泥土的塑像。

鸡进了圈,狗钻了窝,日头下去,月亮上来,奶奶还在一遍又一遍地罗土,她想找到那枚戒指,可是最终也没有找到。就这样,奶奶病倒了,一病不起。一直到去世前她还在念叨:"我该死,咋就把戒指丢了……"

悲怆哀婉的唢呐还在呜咽,不知什么时候天上飘起了雨,朋友泣不成声,我们——一群大男人早已是泪流满面。

# 一盆盆景

在新华书店门口，我一眼看到了王良沟的那个小伙子。小伙子善莳弄花草，且以此发家致富带动了全村的大棚产业。在电视台工作这几年，我多次采访过他。看见了我，他微微地笑，还讪讪地过来敬烟。我只好朝他的花摊走去。

满地不知名的盆花或郁郁葱葱，或红红火火，姿态各异，姹紫嫣红。目光游离之中，我被一盆造型奇特的小盆景所吸引。约莫饭盒般大小的褐色陶盆内置一木，老干虬枝、颇具风骨。因了先天的雏形加上小伙子高超的技艺，整个呈"之"字形向上发展。大大小小的"之"字，纵横交错、造型别致，活像王羲之《兰亭序》里的精妙变化。

我向来对花花草草缺乏兴趣，但眼前的这盆盆景还是以它独有的风姿吸引了我。我决定把它买下来，一来照顾照顾熟人的生意，二来培养一下自己的情趣。回到家，我把这盆盆景摆放在客厅的阳台上，以利于它接受充足的光照。周围是母亲精心培养的巴西木、刺玫瑰、七月菊、紫罗兰……或大方气派，或雍容华贵。置身于如此的环境,这盆小小的盆景似乎有那么一点不相称。果然,母亲回来就开始埋怨:"这奇奇怪怪的东西,干巴巴的有什么好欣赏的?"听说我居然花了足够买一盆金橘的钱买了这玩意,母亲就更是觉得它破坏了阳台的景致。后来家里陆陆续续来的客人也都在观赏阳台景致的时候对这奇奇怪怪的玩意表示不屑。因为这些原因,母亲就愈发感觉这盆盆景不顺眼,以至于觉得它破坏了客厅的整体风格,甚至影响了我们家的"对外形象"。这么不招人待见的东西,我只好把它清理出阳台,随意搁在阳台外面的护窗罩上。

冬天来了,气候一天天变冷,不负责任的物业公司有一搭没一搭地供暖,阳台上娇生惯养的部分花木经不住寒冷的考验,先后凋零甚至枯死。妻子每天在唠唠叨叨的抱怨中烦躁地拾掇着"残花败柳",阳台景致也慢慢变得败落萧索。

一天早晨睁开眼,窗外一片白,下雪了。我欣喜地拉开玻璃窗,不经意间瞥见了那盆盆景,它居然还活着,虽然被冷落在窗外的这些日子使它蒙上了灰扑扑的风尘,可是它竟然还是那么遒劲、风骨铮铮,没有一点颓废衰败的景象。这让我很吃惊!要知道户外是零下十几摄氏度的环境,滴水成冰。纷纷扬扬的雪片扑打在它的枝干上,而它却蓬蓬勃勃地展示着旺盛的生命!

我小心翼翼地把它从窗外捧回来,心疼地去触摸那些不卑不亢的枝丫。不知什么时候,母亲已悄悄地端了水盆,握着抹布站在身后,我们目光相撞,没有言语,各自感到些许尴尬。母亲轻轻吹去枝丫上的尘土,一遍又一遍地擦拭陶盆上的泥污,细致爱怜的神情像对待一个无端受了委屈的孩子。

我们为这盆盆景配了一个精雕细琢的根雕花架,把它重摆回客厅，自然是占据了最显眼的位置。每天回到家，我泡一杯龙井端在手里，去观看它的长势，关心它的水肥需要，像一个心有灵犀的朋友，我觉得它似乎在和我无声地对话，用它所蕴含的生生不息的生命的力量。每每看到它绿意盎然的枝干，耳畔仿佛奏起了铿锵激昂的生命的礼赞！

是啊，庸庸碌碌的生活里有多少浅薄的误解？坚硬残酷的现实中又有多少无可奈何的"不被看好"？当遭遇如此境况，我们应该挺起不屈的脊梁，保持生命的尊严，以蓬蓬勃勃的激情、不屈不挠的精神蓄势待发，转机也许就在这个时候出现。

一切都会好起来。

# 骑行记

晨曦微露。

骑友们如约来到集合地，左等右等只少了老C，十五分钟过后，大家决定不再等，遂上路。

取道姚白路直插渭清线，目标——东村隧道。

此行是公安的朋友们发起的，以W局为首的四个警营骑友个个装备精良，从汽笛、打气筒到历经风雨而发白的尾包，其骑龄、实力由此可见一斑。X居然在车梁上备了茉莉花茶，黄澄澄的一壶子让一骑友误以为是润滑机油。

W局一路领先，我紧随其后，观其肥臀摇摆、熊腰虎背，心里暗忖，如此壮硕身形不知实力如何。自从有了从延安至延长的首行纪录，我一直对自己的体力和毅力充满自信，只是平时于俗务中忙乱，一直缺乏锻炼。

车速在21、18、24之间来回变化，链条铮铮作响。有风自头盔穿过，脑子里单曲循环《在路上》，间或有骑友从身边超过，又落下……

陌上谁家少年郎,山地鲜衣赛轻狂。

公路向来是汽车的舞台,此段时间本地悄然热起山地车,时不时一标人马结伙上路。我估计那些开"双桥""半挂"的司机一定对此痛恨至极,从他们愤怒的连串的喇叭声中可以品出来。

车至白家川三岔路口,W局早已站定,义务操机啪啪拍照,众人各自造型,纷纷扮酷。

在大家嬉笑骂谈中,老C三摇两摆地驾着所谓"悍马"名车而来。这厮玩车较早,装备好。早期,在小城人们诧异的眼神中,老C即早晚全套披挂,有时还携带小C,父子俩各蹬两轮于翠屏山下、延水河畔,以伪车迷身份呼呼来去,且凭其三寸不烂之舌,口若悬河、莲花乱吐,鼓励有志与亚健康挑战的老人青年加入此行列,此不详表。

车至丁丁垂钓园,大都两股战战、喘气冒汗,加之昨夜大都饮酒吃肉,X等纷纷于荒草间、土堆后解带宽衣清理内存,遂决定走少数服从多数的群众路线半途折回,暂且不杀往东村。

自媒体时代就是好哇!弟兄们各持五花八门之手中利器吆三喝四拍照片,咋咋呼呼发微信。L从警多年,嗅觉灵敏,突然发现今日"五四",大伙遂感慨一番,抱怨此行阵势太小,不够热烈,愧对如此吉日良辰。好在有团县委H书记及时振臂,称弟兄们周日大早弃妻儿、家务、懒觉于不顾,团伙骑车行程数十千米,此壮举其实多少已体现了"爱国、进步、民主、科学"之"五四"精神,并明确表态近日定发挥"青年车协"发起人的作用,聚精会神拉关系、千方百计找路子,为团队成员各赞助花花骑行衣一套。届时弟兄们着装统一,凛凛威风,再考虑对外展示形象不迟。

幸福是什么？幸福就是骑行返程遇下坡嘛！

再过白家川三岔口,腰酸、腿软、脖子硬,赶紧想想神采飞扬的五四青年,心中顿时充满力量。不觉间,穿滩过桥,车至县委大院,可爱的 Y 师傅早已备好了我们预订的精美早餐,但见室雅桌静,油饼焦黄且飘香,小菜素雅兼味美,米汤微微散热雾,只待吾等大快朵颐。

碗碟狼藉时,老 C 方懒懒推车而至,于众人声讨中款款坐定,将其发挥团队精神,陪护不慎崴脚的公安小弟一路归来的动人故事添油加醋娓娓道来。于是在众弟兄崇敬、怀疑、鄙夷间或有之的目光注视下,C 大侠不卑不亢连食油饼五张、米汤两碗、小菜数碟,其间且食且言:"公正美! 公正美!"

# 瘫痪的大钟

大钟彻底瘫痪了，谁也说不准究竟是在什么时候。

虽然指针看似恪尽职守地定格在某年某月某日的两点三十分，但它的心脏的确是停止了跳动，像一个历尽沧桑、风烛残年的老人熬不过岁月的蹉跎最终终止了鲜活的生命。

记忆中的大钟是当年小城里鲜有的奢华。

多年前的一天，我被父亲领着进城上学。父子俩在国营食堂的大厅里坐等两碗烩锅面，一抬头，对面的大钟就以卓尔不凡的气势摄住了我的心——方方正正的大钟蹲踞在同样方方正正的邮政大楼顶部，年轻气盛的四个面孔傲然地面对着东西南北四个方向。

钟表居然可以这么气派！

呆呆地，我仰望着大钟，大钟的指针自信而豪迈地走着，我的心也和着指针的节奏怦怦怦地跳动。

在儿时清贫的乡村，钟表是相对罕见的宝贝。

一块本土的蝴蝶牌手表成就了多少情投意合的姻缘。当年做民办教师的父亲，月工资只有十八块半，而一块蝴蝶牌手表就要二十多块钱。

一张新婚的黑白照里，母亲右手握拳轻托着下颌，腕上是一块明晃晃的蝴蝶牌手表，年轻的母亲顾盼生辉，浅浅的笑意从容而坚定，这是母亲至今的骄傲。

四爷是前国民革命军骑兵团团长，告老还乡后拥有一块怀表，视为珍宝，一般人摸不得。这表好啊！纯银链子，古铜色镂花镶边，表盘中央一匹小骏马以奋蹄之势跃跃欲腾。

那一年，我以名列全镇前茅的成绩考入县中学。父亲买了猪头肉，母亲包了饺子，再摆了秦川大曲请来了四爷。四爷喝着酒，吃着肉，说了很多让我脸红耳热的话，末了，从怀里掏出怀表挂在我细细的脖颈上，现在想起来那是极具仪式感的成人礼。

邮政大楼的大钟在中学时代几乎攫住了我的心。大钟逢整点报时，铿锵的乐曲悠悠扬扬传向四方，更是不可阻挡地灌进我的耳朵、灌进我的心里！当年，无论我在小城什么地方，钟声一响我就心潮汹涌，就紧张。循着钟声，目光很快追向大钟所在的方向，内心里一种无法言说的激情冉冉升腾。

一个乡下的孩子在城里说着土话，穿着"狗舌头"布鞋，除了成绩，没有任何可以比肩周围人的长处。好在时间对谁都是公平公正的。早上六点起床，七点出早操，八点开始上课……十二点午餐——我每天在时间规划好的范围里，认认真真地听课，工工整整地做作业，踏踏实实地读书，规规矩矩地生活，不敢有丝毫的懈怠。

悄无声息的时间悄无声息地溜走。

不知什么时候，大钟瘫痪了，然而时间没有因此而停滞，瘫痪的大钟下生活依旧。

每天，有多少红男绿女从这里走过，脚步匆匆地追赶着时间，或者说被时间所追赶。时下，人们不缺少计时的工具，手机上有时间，电视里有时间，汽车上有时间——几个讲究的朋友，腕上装点了价格不菲的名表，工艺考究、光彩夺目，在聚会时不经意间流露着优越。朋友们是想证明自个儿抓住了时间而赢得了财富，还是拥有了财富而支配着时间？一个计量空虚概念的东西被人们鼓捣得华而不实却又分明承载着不言而喻的某种象征意义。

瘫痪了的大钟不再有用。

务实的商家看好大钟所在的中心位置，东边的钟面上已急不可待地罩上了颇具创意的喷绘广告，剩下的三面被无情的铁条焊接在一起，形式和精神都被彻底禁锢的大钟等着被更好的创意包围。

小城在时间的更替中慢慢膨胀，高楼大厦噌噌噌地耸起，毫不犹豫。昔日鹤立鸡群的邮政大楼在气宇轩昂的"邻居们"居高临下的压制下看起来保守、木讷。

黄昏，我在厨房里准备晚餐，有意无意间就瞥见了街对面的大钟。像一个不再显达的贵族，落日的余晖无精打采地衬着同样无精打采的大钟，叫人惆怅而又无可奈何。

我跟母亲讲起有关大钟的情结，"都是已经过去的事情了，说说也就算了吧。"母亲淡淡地回应。

是啊，逝者如斯，究竟是什么叫人放不下呢？

# 乙未话羊

马年腊月的最后几天，我回村里探亲、祭祖，就要上车离开的时候，有羊群从村道上漫过来。好家伙！百十只羊浩浩荡荡地逼过来挡住了路，颇有一种大军压境的气势。我忙唤侄子挪开车，自己则恭敬地让在一旁，贪婪而欣喜地注视着这群可爱的生灵从我身边风度翩翩地走过。这个生疏了许久的场景让我内心莫名地激动，我甚至觉得，在羊年就要到来的时候遇上羊群是一种恩赐。

中国古老的传说中，羊是等同于古希腊神话中的普罗米修斯一样伟大的圣灵，普罗米修斯因盗天火给人间而饱受宙斯的折磨，羊则因盗五谷普度众生而舍生取义。

古人以"马牛羊鸡犬豕"为六畜，羊赫然位于其中，且位居前列。"鼠目寸光""对牛弹琴""猪脑子""狗改不了吃屎"……这些说辞中唯独少了对羊的编派，非但没有编派，人们还夸张了羊的"跪乳之恩"，并将其编入《增广贤文》，以此来教育人，这足以说明羊在人们心目中的重要位置。

羊大为美，鱼羊为鲜。这是古人实用主义审美倾向的生动体现。

澳大利亚因为其得天独厚的自然环境，农牧业很是发达，其绵羊养殖和羊毛出口更是位居全球第一。这个"骑在羊背上的国家"靠着"羊产品"在经济上站稳了脚跟。澳大利亚是一个体育强国，曾两次主办夏季奥运会，且常年主办全球多项体育赛事，其全民健身的热情堪称世界第一。这让人不禁联想这澎湃的激情会不会跟羊奶、羊肉有关呢？

羊曾成就了英雄。汉朝的苏武与羊群为伴，手执汉节，饿吞草籽，渴饮雪水，而不辱使命。直至十九年后，苏武才得返长安，举国拥戴，留下秉持气节的千古佳话。

过去的陕北乡下，很多庄户人家都拦着羊，拦着羊的人家光景多数殷实。因为羊的浑身都是宝——羊肉鲜美，羊绒价贵，羊皮御寒保暖，就连羊踝骨也是好玩意，女娃娃们争着抢去，能玩出一种令人眼花缭乱的游戏——抓骨头。

一首陕北民歌中有"交朋友要交拦羊汉，梭牛牛、马奶奶（陕北方言，均为一种野果子）常给你撼（方言，意同拿或带）……拦羊的哥哥哟，你把那羊打转，小妹妹给你做下了羊奶奶饭"的唱词，它鼓动女子要优先"相好"拦羊的后生，又生动再现了女子对拦羊"哥哥"的痴心回馈。

陕北还有"拦羊小子，毛头女子"的暧昧说法，盖因那"拦羊小子"常年于山沟滩洼四方游走，练就了好身板，更收获了人世阅历，对于那"毛头女子"就更具有吸引力吧。

蓝天白云下，山涧草坡旁，羊群散漫地游走觅食，拦羊的后生手握放羊铲守护着羊群,犹如守护着美好的光景——可不是吗?过日子要钱,娶媳妇要钱,创家业要钱,这钱就在这羊身上,就在这见天拦羊的"挠挖"中啊!于是,想着想着愁闷了,想着想着又高兴了,那干炸炸的"拦羊嗓子"就唱脱了……

高原上的斗转星移,庄户人的日月交替,就像那四野奔突的羊群,聚拢了散开,散开了又聚拢。

生而为羊,处在生物链的底端,为人类奉献一切乃至生命是羊的宿命。

小时候,每逢农历九月九,村里的乡亲们就要"打平伙",即众人出钱凑一起买羊来吃。在谁家的院子里柴火旺旺地烧起来,大铁锅里热浪翻滚,乡亲们胳肢窝里夹了大洋瓷碗,说笑着,等羊汤喝。大方的主人一高兴再贡献一瓶老酒,于是院子里就沸腾了——笑闹声、劝酒声、山曲声混合着袅袅飘散的羊肉特有的香膻味弥散在欢喜的院落中,久久不散。

"腊月羊,守空房。"民间似乎对羊年有点迷信的偏见,认为羊年生人命运多舛,其实毫无根据,且就文化传统而论也该是无稽之谈。

我有个从小玩到大的本家侄子,大我一岁,属羊,性格温和、良善。他娶了个媳妇和他同岁,女儿也碰巧生在了羊年——三阳(羊)开泰,女儿就取名羊羊。三只羊其乐融融,小日子幸福美满。有一段时间我遇上了烦心事,心里过不了坎,他就邀我去家里坐坐。他媳妇伺候着饭菜,小羊羊腕柔手轻地弹了一曲古筝,居然就是《牧羊曲》,和他拉着话、吃着饭,伴以幽婉、清丽的古筝旋律,我突然感受到了生活的美好，心结顿释。

我属猴，幼年食母乳间杂羊奶长大，所以性格中统一了猴的叛逆和羊的驯良，自相矛盾，不伦不类，这让我时常尴尬。

在羊年到来的时候，我写下这样一篇文章，以期平安、顺遂。

# 跋

## 远去的故乡

### 一

起得早了些，村庄还很静。

谁家早饭的炊烟借着窑背上的蒿草散漫开来，一群灰雀忽地飞过头顶，又旋回来。

父亲微驼着背，耸着肩膀扛着铺盖卷走在前面，高一脚、低一脚带起细微的尘浪。我挎着书包，木然地跟在他的屁股后头，扑面是凉湿的雾气，"阿嚏"——一个喷嚏打出来，鼻子一酸——无法言说的失落感让我突然间异常难过，眼泪颗子就簌簌地淌了出来……

那是1993年的夏末，当我亦步亦趋跟随父亲离开村庄到镇街上搭乘前往县城的班车去念中学时，我不会意识到，十多年的乡村生活其实已经注定了我一生的性情走向。

多年后，当我读了一点书，有了一些浅显的所谓人世阅历，便越来越深地理解了那份难以割舍的恋恋乡愁。

高个子的父亲蹲下来，以便我骑上他的脖子，再直起身将我的长命锁挂在祖坟地畔葳蕤的老树上……

"狗舌头"布鞋在黄土路上疯跑野逛踩出烂漫的脚印……

清冷的教室里，乡村教师用蹩脚的普通话教授"一去二三里，烟村四五家"……

隔沟喊山的人们招惹出"崖娃娃"的共鸣，红酸枣骨碌碌趁势滚落在坡道……

连阴雨没完没了，小脚老婆婆颤巍巍地绕过院中的泥潭，掰一苗枣圪针将红纸铰的"扫天媳妇"扎在墙头上祈求天晴……

一只米碗，几张黄表，神情凝重的老年人"寋寋窣窣"安抚夜里啼哭的娃娃……

还有那夏日涝池畔的哇呼吵闹，冬日阳崖下的说古论今；那些故乡土地上生长的"掩口甜"的瓜果梨枣，那些年大呐二喊的婆姨、汉子……

渐行渐远的故乡细节，每每想起，就像鸡翎扫在脊背上——是花多少钱也买不来的熨帖和舒坦。

## 二

故乡在陕北高原的黄河畔。

发源于靖边天赐湾的延河不舍昼夜、一路蜿蜒，在我的故乡投入了黄河，于是那儿就叫了"天尽头"。有"洪波涌起"的"天尽头"突兀显现着一座土石混杂的硬骨头似的干山峁子——旧称狼神山,山下依偎着姑姑湾。

老早以前某些个月影诡异的黑夜,是否有野狼嗥叫招来手扬弯刀、马蹄嘚嘚的胡虏侵入某个村寨,顷刻间,呜哇喊叫的哭声四起?抑或真有刚烈倔强却心地绵善的"曹娘娘"纵身投入黄河而幻化成仙?当年治水的大禹许是真为当地的百姓尽心操劳过,不然今日的黄河畔上,怎会有禹王庙断壁残垣的遗址独对峡谷黄风、大河落日?

儿时,村中老年人口口相传"古经"中的零散片段和乡村生活的破碎记忆,似压在我身上的重负,使得我不得不一次又一次对故乡的以往做细细的梳理和深深的回望。

这些年,我摆弄着照相、摄像的器材,时常以一个记者和伪文人的身份在故乡的土地上行行晃晃。眼看着麦地变作果园,羊群被圈养起来;眼看着蜿蜒盘旋的乡村土路被拉直、拓宽、硬化;眼看着古老的家庙、戏台、石牌坊被推倒,一些石刻被偷盗、变卖;眼看着熟悉的故乡被发展的大潮急吼吼地裹挟着,欻欻欻地发生着变化,在城乡一体化强劲的攻势下束手就擒。

那些诗意地蜗居在大山褶皱里的村庄一个一个被搬迁到了跑风漏气的塬上,被白墙红顶或白墙蓝顶千篇一律地统一着,水泥、瓷砖、彩钢和树脂瓦铺天盖地地覆盖了"新农村",也顺带着覆盖了这块土地上淋漓的元气和人老几辈的瑰丽故事。

平直的柏油路上呼呼地跑着汽车、摩托车,青壮年纷纷机智地丢开锄镰老镢去城市里凑热闹。村子里只留守着孤寡老人,偶尔可见染着黄头发的年轻人死腰赖胯地靠在电线杆子上乱翻手机。

野孩子尖厉的柳哨、拦羊人高亢的民歌、曲颈琵琶弹奏出的沉闷曲调和那铜马勺磕着水瓮沿的声音再也难以听到,取而代之的是城里传回来的歇斯底里的或绵软甜腻的流行歌曲和自动麻将桌哗啦啦的洗牌声。驴、牛、骡、马这些以往村庄的大牲口也越来越鲜见,狗也全成了和城里一样的"哈巴",遇人不咬也不叫,只会懒懒地摇摇尾巴,一跺脚,它就一溜烟跑了,像个孬种。

在沟壑梁峁间忽隐忽现的老村子被疯长的蒿草和丛生的枣圪针遮掩,院畔上落满积尘的石碾子不再转动,曾栖落过红冠子公鸡的墙头被风雨剥落得惨不忍睹,"天圆地方"的雕花门窗随着坍塌的窑口子慢慢腐朽,凌乱的鸟巢在老槐树乱糟糟的枝杈间摇摇欲坠……

家园已是废墟。

## 三

轻轻踏上回乡的新路,"近乡情更怯,不敢问来人"的惴惴之感油然而生。我尽量含蓄着自己的脚步,生怕惊扰了故乡土地下那些瑰丽生动的旧梦。

辣椒串红艳艳地挂在窑门边,门帘一挑,谁家的婆姨头一低走出来了。

——啊哈,这不是三叔家的东吗? 你这洋人,眼镜架上,咋敢回来哩?

…………

大伯、小叔、三婶、二嫂团团围住,红口白牙七嘴八舌,问工作的情况,问生活的情况,拉我上这家吃饭,去那家睡觉。

——咱的娃哦,你这几年都弄什么哩?

这话问得我心里咯噔一下，是啊，我这几年都弄什么哩？我又弄成了什么呢？面对故乡父老的关切询问，我羞愧地低下头，在内心一遍一遍地审问自己。

# 四

每个为文者的心灵归属地都在自己的故乡。路遥心里装着艳艳不败的陕北"山花"，莫言有高密东北乡的红高粱永恒引导，贾平凹是商州过往的人事物象在心头萦绕。而我，一个憨痴痴的所谓文学后生牵肠挂肚、挥之不去的不也是生我养我的这片土地，这些愉悦着我、顽缠着我、痛苦着我也幸福着我的故土情愫吗？

这样想着，我的内心就释然了。犹如醍醐灌顶，我突然知道自己该干什么了。我感觉自己终于找到了通往故乡的布满鲜花的通途了。

于是，就有了这本书和这些文字。

此刻，请允许我断章取义地借用莫言《红高粱家族》的题记——

故乡哦，我是你的不肖子孙，我愿扒出我的被酱油腌透了的心，切碎，放在三个碗里，摆在你的土地上。

伏惟尚飨！尚飨！

# 附

## 低吟浅唱，诗意素描
### ——浅识白李东散文及其散文写作

李世心

　　白李东是位业余文学爱好者，写散文大都属于不经意之间的意识冲动和情感抒发，偶尔为之，因而其作品每每如轻风拂面，如细雨润物，如朝露映日，如秋月临窗；像歌舞晚会上的小品，似画家画板上的素描，散发着淡淡的诗意，律动着可爱的灵性。

　　我想，这大概和他的性情有关，因为他本身就是一首朦胧诗。

　　李东是黄河沿岸的罗子山人。罗子山是一座有修养、有文化、有诗意的山。罗子山人秉承了罗子山的形貌、气脉和风骨。罗子山成就了罗子山人，罗子山人成就了罗子山。

　　李东人年轻，经历简单，为人率真，做事直白，总是素面朝天，笑看人间。因此，能在纷乱和芜杂中偶尔发现，偶尔心动，并倚马停风，粗线条地、画龙点睛地、机敏抒情地诉诸笔端，写出虽然新鲜、稚嫩但却具有诗性的文字来。

如果要说李东的散文有什么特点或者说成功之处的话,我认为这就是最为显著的特点,最为成功之处。

李东散文的第二个特点是让生活走进散文,感性、轻松、自由、有根。他的散文体量都不大,绝大部分乃一物、一景、一缕情绪、一刻感悟,信手拈来,揣入怀中,没有玄妙,没有做作,带着泥土气息,散发着生活的体温。也许正因为此,他的散文如山水之肥瘦,如日月之阴晴;若牧童之活泼,若村姑之美艳,给人以山歌般的愉悦、写意画般的美感。

有一位并不著名的人说了一句著名的话:"没有家的人,人在流浪;有了家的人,心在流浪。"这话绝对契合当下许多人的心态,点赞者一定不在少数。但是,李东是个例外。因为,从他的散文题材与内容就可以做出判断:这个在一个小县城里有家,家中有父母、有妻儿的人,总是怀念故土,怀念童年,怀念乡间的一草一木,人在流浪而心并未流浪。而且,他的散文中最优美、最能打动人心的无一不是这类文字。也许正因为他的行囊里总是背着故土的月亮、泥土、蒿草和童年的梦幻,所以,他总是有激情、有灵感,具有诗性气质,有着诗意表达的强烈愿望与冲动。

李东散文的第三个特点是行云流水、收放自如、激情四射、痛快淋漓的叙述语境。

就表现形式来说,从他的作品可以看出,他骨子里还是喜欢古典的东西,一些作品具有古典文学的结构方式与叙事风格,简约而奔放,写意而深邃。当然,他毕竟生活在 21 世纪,他的作品更多的还是反映现实生活,是"最快乐最良善的心灵中最快乐最良善的瞬间的记录"，所以，他偶尔也采用当代叙述风格，并不缺乏现代元素，洋溢着生活的脉动与气息，在继承传统的基础上有所创新和发展。

我国著名文学评论家李建军先生在《如何评价当代文学》一文中写道："为了客观地认知和评价我们时代的文学，我们固然需要发现'价值'的研究，但更需要克制'自我高度评价的愿望'，要慎用、少用'最好''最高''辉煌''经典'等标签，更应该致力于对问题的发现和分析。因为，正是这种尖锐的质疑性的批评，才有助于我们克服文学领域的无视现实、流于幻想的'包法利主义'，才有助于我们认识自己的局限和残缺，从而最终摆脱幼稚的'不成熟状态'。"

李东是个文学新人，肯定其散文写作的长处，热情地加以鼓励和提携，无疑是必要的。但是，正如李建军先生所说的那样，我们"更应该致力于对问题的发现和分析"，帮助他"认识自己的局限和残缺"，使他"最终摆脱幼稚的'不成熟状态'"，写出更多更好的作品来，似乎是更负责任的态度，更对他的写作有所裨益。况且，我上面谈到的他作品的三个特点，只是相对他生活的那个狭小的文学圈子里的其他作者而言的。

必须肯定，李东是个有一定天赋和灵性，也很有发展前途的文学新人，尤其在他们那个小圈子里，无疑是佼佼者。他的散文写作具备很大的潜质，作品质量已经具有比较高的水准。不过，出于爱惜才俊或者说出于善意和期望吧，下面，我对他写作中存在的问题提出个人不尽成熟的意见或者说建议，与方家商榷，与他共勉。

一是立意和主题问题。李东对事物的认识大多停留在感性认识阶段,缺乏对素材的认真分析研究,从而无法使之上升到理性认识的高度,发掘出新鲜的、具有独特的审美价值,能给人思想以启迪,能引起读者情感共鸣的主题来。正是这个原因,其一些作品缺乏应有的高度和深度,给人以随意性大和处理手法粗糙的感觉。譬如《陈康的江湖菜》《罗子山人》等就是这样。如果能在对材料的分析研究中再冷静一点,再从容一点,再深入一点,作品一定会更精彩。

二是有些直白,不够含蓄。文似观山不喜平。真实、朴素当然是美的最高境界,但是太过直白势必造成浅陋、无法咀嚼和体味。文学作品主要用意象状物、抒情和达意,讲究反映生活,但绝不是照相和随意聊天,光图嘴皮子痛快。要寓情于景,寓意于景,含而不露,让生活本身去说话,让读者自己去体味。这是文学创作最基本的规律和文学作品最显著的特质,成功的作家和经典的作品无一不是这样。

三是方言的使用。为了增强作品的表现力、感染力和地域文化特色,将一些带有普遍性的方言俚语写进作品,这是许多成功作家经常采用的手法。有许多成功的范例,曹雪芹是这样,老舍是这样,路遥也是这样。但是,不能用得太多,以文害意,给域外读者造成阅读障碍。这一点希望李东以后多加注意。

我再重复一遍,瑕不掩瑜。李东的散文作品是有特点、有追求、有潜力的,以上意见不过是吹毛求疵,是以关心和爱护的初衷,从半专业的视角以一个相对比较高的标准来衡量和评价他的作品,希望他达到更高的专业水准。李东作品中存在的问题,一点也不奇怪,我以前也存在,现在也不敢说自己就完全克服了那些问题,这有一个不断学习、探索、实践、揣摩、领悟的漫长过程。说心里话,我对李东的散文写作还是寄予厚望的,持有比较乐观的态度。在散文写作的道路上,李东已经迈出了重要的一步,我相信他今后步子会迈得更大,更稳健。

# 后生可畏

## ——读白李东散文有感

### 高红艳

初识白李东时，他是县电视台扛着摄像机四处跑新闻的小后生，不时有文章见诸报端，颇具才情。后来他一步跨进了县委组织部，踏入仕途，不几年，便得到了提拔。

交往不多，但通过读他的文章，也对其性情略知一二。一日，白李东把他数年的作品拿与我看，我一气读完了《女女》《二伯》《罗子山人》《西滩洼》《小镇光阴》《陈康的江湖菜》等作品，一时感慨万千。感觉作者时而像个阅尽人世、思想深邃的智者，时而又像个风骨铮铮的"文艺愤青"；一会儿与友人在坊间酒肆激扬清浊，一会儿又在故乡尘土路上踏歌行吟。

白李东的作品里有生活、有生命、有高度、有磁力、有情感。他有着朴实的生活根基、极强的文字功力，撷取的事例似一颗颗闪光的珍珠。读他的文字，犹如吃一道家乡的豆角熬南瓜，清香，本色，余味悠然，或是咀嚼着风干浓缩的牦牛肉，筋道、醇厚，一时品咂，回味绵长。

文笔老到、诙谐，充满了调侃味，像经历过岁月风霜洗礼的老者，非有思想的积淀而不能为之，如《罗子山人》《西滩洼》等，甚为经典。

善于工笔素描，语言凝练，写景状物，宛在眼前。如"淡麻麻的月光自窗户纸上透进来，风从窑外的槐树叶子上一浪一浪卷起来，门环咣当咣当作响。水瓮旯旮里，老鼠窸窸窣窣伺机出动，娃娃家没瞌睡，睡在热炕头翻来覆去烙饼子似的"。

语言精妙，鲜活形象的比喻。如"小城在时间的更替中慢慢膨胀，高楼大厦噌噌噌地耸起，毫不犹豫""冬日的热炕头是诱人的饵"。

写好散文，必须有对生活的深度观察和深刻体验，有较高的提炼生活的能力，在理性思考中提升作品的高度，精到和深奥往往处在不经意间。白李东的文章已具备了这样的特质，这与他的生活经历不无关系。

陕北故乡的童年经历，像人生的一袋干粮，成为他创作的源泉；记者生涯，使他像章鱼一样伸出无数的触角，敏感地捕捉人间百态；平凡生活的点点滴滴，更让他把拍摄动态影像的艺术手法转入到文字中；广交朋友，特别是与本地文艺圈的"大腕"和精英相厚，自然近朱者赤，近墨者黑，有所熏染，得其风骨，谈古论今，大家风范。

观其人，是体制内踮着脚尖望着前程，谦和有礼的公务员；看其文，显露本相，文人傲骨，书生意气，侠义豪气。二者既矛盾又统一于他的内心世界。

224

白李东文采斐然，读其文令人击节赞叹，不由生出"老夫当避路，放他出一头地也"之感。小伙子风华正茂，后生可畏，唯愿他以后在事业上、文学上大放异彩。

# 写给李东

王新建

去年冬季,白李东将厚厚的一沓散文打印稿交到我手中,希望我为他将要成书的散文集刊校并提些意见。转眼已过阳历年,今日腊八又至,我仍未动笔。其间李东婉促过两三次,我听得出他语气中的些许焦急,像渴望新生儿降生一样的心情。

文稿我看过了,有的篇什还看了好几遍。作为李东的半个启蒙老师,读过之后我有些似鲠在喉、如芒在背之感。想想前些年,自己同样也怀揣一个文学梦,并从未间断。可至今也没垒起一房半宅,目前虽有七八篇短文偶见于县级刊物中间位置,但总觉得还是乏善可陈。如今,李东作品一出,便发现自己当初"一片冰心"早已沾染了太多芜杂、俗气。心中曾筑起的疏离感也被这俗气冲击得七零八落,留下的只有放浪形骸。

行走世间,人会误入一些圈子,之后就得小心翼翼、蹑手蹑脚地出来。李东似乎不情愿,也无意去为之劳碌费神。他在文学圈里虽不是省级文学会员,但是个"民间"高手。他的心湖上划动的是一叶不系之舟，想要的是一种进出自由的生命状态，方才还在帆影点点的平湖上徜徉，没多会儿又找到一处险滩绝巘。他的散文题材新颖，涉猎广泛，我感觉，他对这个说大不大的世界始终怀有新奇之感，因此很多领域都要探头探脑仔细琢磨学习一番。世界上通常有两种人可以成为文学家：一种是思接千载、视通万里，如周树人者；一种是不想看透也无意看透，如李白者。李东属于后者。他的笔下，少了忧郁，多了阳光，没有叠床架屋的铺张，文字纯净如水，写景不事秾丽，一副素面朝天的气象。他的血液里有一种质野气息。而文字或许能让他的质野作较持久的停泊与放逐。此前，他曾有几篇一时兴味之作见于不知名的纸媒，之后就很少冒泡，正如尚不善游水的孩子在浅水边濯足。

而这次不同，他似乎受了缪斯的蛊惑，又窃取了阿里巴巴宝库的咒语，一下子翻腾出许多宝物来，让我看到的不再是零星的篇目，而是集装箱式的库存。他打开门扉，整理自己感悟到的真善美，接受生命中难以承受之轻，似乎做好了在漫漫黑洞里匍匐前行的准备。从目前来看，凭他的才气和不俗的文字感知力，完全可以在文学这一板块上构筑并问鼎一下人生的高度。

文学其实是一条苦行僧式的道路，一路向西，安逸像行者投下的影子，伴随着也咬噬着前行的脚趾。身处闹市，就要构筑一道心篱，可以冷眼看尽繁华，却要阻拒涌动的繁华及夹杂其中的冷嘲热讽，阻拒寂寞来袭，在淬砺中完成自我人格、文格的超越。如此方能追逐海上灯塔那难以抵达的遥远。

痴迷文学是人生的一着险棋。

缪斯脚下，几多累累的无名白骨，向西路上，多少人在吟唱生命的悲歌？因此，举烛行夜之途，寂寞的花随时会被夜风冷雨打湿摇落。不知李东真的做好准备了吗？

李东在文学方面甚有天分，他在人生的行进中一阵滞留之后才有了这一个集子。这让我想到文学中的一种现象：文章憎命达，魑魅喜人过。

那个秋天，普希金因一场瘟疫滞留在波罗金诺，他在那个像囚禁或流放的金色大地上，灵感犹如井喷，完成了奠定他在俄罗斯文坛地位的作品。看来自由之神常眷顾身不由己之人。李东如斯，他有自由之神庇佑。

"如果天气晴好，常会有一个身穿黄军裤、脚蹬翻毛皮鞋的司机和一个卷着袖子、戴着眼镜的干部嚷嚷着在石床上走棋。"一个"走"字，普通之至，又传神之至，普普通通的一个字，被闲适的语境挖掘出新的生命，这里既有文字谙练之功，又须有天分的定夺。弈棋本有"下"和"杀"，现在又多了一个"走"的创造，顺其自然地吞吐出人生的三种态度和性情，或中庸，或刚烈，或闲逸。这个字，街头观棋者不宜用之，杀伐气太重者不宜用之，只有徜徉在林泉之下者，方才适用。

李东为文文不甚深，雅俗共赏，很接地气，来日但得一册，将爱不释手，当以宝待之。